Le serment d'une héritière

MELANIE MILBURNE

Le serment d'une héritière

Traduction française de
FABRICE CANEPA

Azur

HARLEQUIN

Collection : Azur

Titre original :
AWAKENING THE RAVENSDALE HEIRESS

HARPERCOLLINS FRANCE
83-85, boulevard Vincent-Auriol, 75646 PARIS CEDEX 13
Service Lectrices — Tél. : 01 45 82 47 47

www.harlequin.fr

ISBN 978-2-2803-5348-9 — ISSN 0993-4448

1.

Miranda ne l'aurait sans doute pas aperçu si elle ne s'était dissimulée derrière ce pot de fleurs. Ce n'était peut-être pas une cachette idéale, mais c'était tout ce qu'elle avait trouvé pour échapper aux objectifs des paparazzis qui faisaient de sa vie un véritable enfer.

Leandro Allegretti s'apprêtait à traverser la rue, juste en face du petit café dans lequel elle s'était réfugiée. Il semblait perdu dans ses pensées et ne prêtait pas la moindre attention aux nombreux piétons qui se pressaient autour de lui ni à la bruine typiquement londonienne qui tombait sans discontinuer ce matin-là.

Comme à son habitude, il était vêtu avec cette élégance sobre et distinguée qui était le propre des hommes de goût. Le costume gris foncé et l'imperméable noir qu'il portait étaient parfaitement ajustés, mettant en valeur sa haute taille et sa silhouette athlétique.

Miranda avait toujours estimé que son visage avait quelque chose d'aristocratique, sans jamais vraiment savoir pourquoi. Cela tenait peut-être à ses pommettes très marquées et à ce nez légèrement aquilin, ou bien encore à ce froncement de sourcils dont il ne semblait jamais se départir.

D'aussi loin qu'elle s'en souvenait, il lui avait toujours paru être quelqu'un de très sérieux. Les frères de Miranda avaient fait la connaissance de Leandro lorsqu'ils étaient à l'école, et il était venu régulièrement passer quelques jours de vacances à Ravensdene, la propriété familiale du Buckinghamshire où Miranda avait grandi.

Etant plus jeune d'une dizaine d'années, elle s'était toujours sentie un peu intimidée par ce garçon qui parlait peu et souriait encore moins. Elle ne savait jamais ce qu'il pensait vraiment et ignorait si la gravité dont il faisait preuve témoignait d'un tempérament austère ou d'une certaine timidité.

Tandis que ces souvenirs lui revenaient, elle le vit pénétrer dans le café où elle se trouvait. Il se dirigea droit vers le comptoir et passa commande auprès de l'une des vendeuses qui ne cherchait même pas à dissimuler l'admiration qu'il lui inspirait.

Cela n'avait rien de surprenant. Le charme de Leandro s'était affiné au fil des années, ne laissant jamais aucune femme indifférente à son sourire ravageur. Il avait hérité la beauté de ses ancêtres italiens : des cheveux très noirs, une peau naturellement hâlée ainsi que de magnifiques yeux bruns qui avaient dû faire tourner bien des têtes et chavirer bien des cœurs.

Mais contrairement à Jake, le frère de Miranda, il n'avait jamais cherché à jouer de son physique avantageux. Il avait toujours préféré miser sur l'intelligence affûtée dont il était doté et qui lui avait permis de mener une brillante carrière.

Miranda savait qu'il s'y consacrait presque exclusivement. C'était sans doute la raison pour laquelle il était toujours célibataire, mais elle était prête à parier que bien des femmes rêvaient de lui passer la bague au doigt.

La serveuse finit par lui tendre un gobelet en carton, et il se retourna pour quitter le café. Il aperçut alors Miranda. Elle vit à son regard qu'il l'avait instantanément reconnue. Pourtant, il ne lui adressa même pas un sourire. Après tout, l'avait-elle déjà vu sourire ne serait-ce qu'une seule fois ?

Il se dirigea néanmoins vers elle et la salua d'un petit signe de la tête.

— Bonjour, Miranda, lui dit-il sobrement.

— Bonjour, répondit-elle, ne sachant trop si elle devait lui faire la bise ou lui serrer la main.

Dans le doute, elle ne fit ni l'un ni l'autre, et Leandro ne se montra pas plus entreprenant.

— Que fais-tu derrière cette plante verte ? lui demanda-t-il.

— J'essaie d'échapper aux journalistes, lui avoua-t-elle.

Il hocha la tête.

— Cela ne doit pas être facile, en ce moment, remarqua-t-il.

De fait, Miranda s'était trouvée prise bien malgré elle dans le déchaînement médiatique qui avait suivi la révélation dramatique de l'existence de Katherine Winwood, la fille illégitime de Richard Ravensdale.

Vingt-trois ans auparavant, son père avait apparemment eu une aventure avec la femme de chambre d'un hôtel où il séjournait durant l'une de ses tournées. Celle-ci était tombée enceinte. Elle avait accepté l'argent qu'il lui avait donné pour qu'elle puisse avorter mais avait décidé de garder l'enfant et de l'élever sans jamais lui dire qui était son père.

Ce n'est que sur son lit de mort que sa mère avait fini par avouer à Katherine qu'elle était la fille de l'un des comédiens les plus célèbres d'Angleterre. Les Ravensdale ignoraient quelles étaient les intentions de Katherine Winwood. Pour le moment, elle n'avait formulé aucune demande précise.

Mais Elisabetta, la mère de Miranda, avait déserté le foyer conjugal et menaçait de divorcer. Quant aux journalistes, ils se faisaient un malin plaisir de comparer les deux filles de Richard Ravensdale. Malheureusement, ce genre de portrait croisé tournait rarement à l'avantage de Miranda.

— Je préfère ne pas en parler, soupira-t-elle.

Elle hésita un instant avant de reprendre.

— Je suis désolée pour ton père. Je serais venue aux obsèques si j'avais su, mais je n'ai appris la nouvelle de sa mort qu'après coup.

— J'ai préféré organiser la cérémonie dans la plus stricte intimité. Mais je te remercie pour ta sollicitude.

D'après ce que Miranda avait cru comprendre, il s'agissait là d'un véritable euphémisme. En réalité, Leandro avait assisté seul aux funérailles de son père. Il aurait pourtant pu demander à Julius et à Jake de l'accompagner. Tous deux l'auraient fait sans hésiter.

Elle ne comprenait pas vraiment ce qui avait pu le pousser à agir de cette façon. Les enterrements étaient déjà bien assez lugubres et difficiles à supporter comme cela…

— C'est tout naturel, répondit-elle. Mais dis-moi, j'ai cru comprendre que tu avais vu Julius récemment.

— En effet. Il m'a demandé de lui rendre un petit service, ce que j'ai fait avec plaisir.

— Tu sais qu'il doit se marier ?

— Il me l'a dit, confia Leandro. Mais je n'ai pas encore eu l'occasion de rencontrer sa fiancée.

— Il me l'a présentée hier soir. Elle est adorable !

Miranda était instantanément tombée sous le charme de la jeune femme qui était très différente des rares petites amies que Julius avait pu avoir jusqu'alors.

Elle appartenait à un milieu beaucoup plus modeste que le leur mais était dotée d'une vive intelligence et d'une culture étonnante. C'était aussi quelqu'un de sincère qui refusait toute forme de convention ou d'autorité.

Miranda était prête à parier que son entrée inopinée

dans la vie de son frère lui avait fait l'effet d'une véritable bouffée d'air frais. Julius était en général bien trop studieux, et Holly avait le don de le détendre et de le faire rire.

— Je suis content pour lui, déclara Leandro.

Il n'avait jamais été très doué pour faire la conversation, préférant les sujets sérieux et les grands débats d'idées aux bavardages auxquels il se contentait souvent de répondre par monosyllabes.

— Nous avons tous été très surpris qu'ils décident de se marier aussi vite, reprit-elle pour meubler le silence qui s'était installé. Après tout, ils ne se connaissent que depuis quelques semaines, et Julius est rarement aussi impulsif. Mais je crois qu'entre eux ça a été le coup de foudre…

— C'est aussi l'impression que j'ai eue, acquiesça Leandro.

— Holly n'a pas de famille. Du coup, elle nous a proposé à Jaz et à moi d'être ses demoiselles d'honneur.

— Jaz ?

— Jasmine Connolly, précisa Miranda. Tu l'as sans doute croisée, à l'époque où tu venais à Ravensdale. C'était la fille de notre jardinier, mais elle était un peu comme une sœur pour les jumeaux et moi. Elle conçoit des robes de mariage et a ouvert sa propre boutique. C'est elle qui va dessiner celle de Holly…

— Miranda ? l'interrompit soudain Leandro. Puis-je te demander une faveur ?

— Bien sûr, fit-elle, craignant qu'il ne lui demande de se taire.

Elle n'aurait pu le lui reprocher, d'ailleurs. Souvent, lorsqu'elle se sentait tendue, elle avait tendance à s'égarer un peu trop. Et force était de reconnaître que Leandro la rendait terriblement nerveuse.

Elle l'avait toujours trouvé intimidant, peut-être

parce qu'il était l'homme le plus séduisant qu'elle ait jamais connu. D'une certaine façon, il lui avait toujours fait l'effet d'être l'homme idéal, celui à qui elle avait comparé tous ceux qu'elle avait rencontrés. Et il n'y en avait qu'un qui se soit montré à la hauteur…

Comme chaque fois qu'elle pensait à Mark, Miranda sentit son cœur se serrer dans sa poitrine. Elle se força à écarter ce douloureux souvenir.

— Que puis-je faire pour toi ? demanda-t-elle à Leandro.

— J'aimerais te proposer un travail, répondit-il, la prenant de court.

— Un travail ? répéta-t-elle, sidérée.

Elle ne s'était pas attendue à cela.

— Mon père m'a légué sa collection d'œuvres d'art, expliqua Leandro. Je n'y connais rien et j'aurais besoin de l'avis d'une experte avant de décider des prix de mise en vente. Il se peut aussi qu'il faille restaurer certains tableaux. Je te paierai, bien sûr…

Miranda ignorait que Vittorio Allegretti avait été un collectionneur. En fait, elle ne savait quasiment rien de lui. Alors que Leandro n'avait que huit ans, ses parents avaient divorcé, et il avait suivi sa mère en Angleterre. Mais celle-ci l'avait presque aussitôt mis en pension. Peu de temps après, elle fondait une nouvelle famille au sein de laquelle il n'avait jamais vraiment trouvé sa place.

Fort heureusement, il avait rencontré Jake et Julius en pension, et tous trois étaient rapidement devenus inséparables. A cette époque, le père de Leandro lui rendait encore visite chaque fois qu'il passait à Londres, mais son penchant excessif pour l'alcool avait convaincu son fils de prendre ses distances.

Miranda avait cru comprendre que Vittorio avait repris contact avec Leandro peu de temps avant sa mort, mais elle ne savait pas si les deux hommes étaient parvenus à se réconcilier.

— Où se trouve cette collection ? lança Miranda, curieuse.

— Sur la Côte d'Azur. Mon père possédait un commerce d'antiquités à Nice. Au fil du temps, il s'est constitué en parallèle sa propre collection. Il a vendu la boutique lorsque les médecins lui ont annoncé que son cancer était au stade terminal. Par contre, il n'a pas eu le cœur à se défaire de ses propres tableaux.

— Est-ce que tu comptes les vendre ? l'interrogea Miranda.

— Oui, affirma-t-il sans hésiter. Je mettrai aussi en vente la villa.

Miranda se demanda si c'était une façon pour lui d'effacer complètement tout ce qui le rattachait encore à son père. L'idée lui parut assez triste, mais elle n'osa pas le questionner.

— Pourquoi ne fais-tu pas appel à quelqu'un sur place ? s'enquit-elle.

Leandro haussa les épaules.

— J'ai cru comprendre que tu étais assez douée, répondit-il. Et puis, cette mission te permettrait d'échapper pendant quelque temps à tout ce cirque médiatique.

C'était une idée qu'elle caressait depuis quelques jours. Elle ne pouvait en effet plus supporter la pression que les médias faisaient peser sur elle. Où qu'elle aille, il se trouvait un journaliste pour lui demander ce qu'elle pensait des infidélités de son père, comment sa mère avait réagi ou si elle comptait rencontrer prochainement sa demi-sœur.

Et, comme si cela ne suffisait pas, son père s'était mis en tête d'organiser une réunion familiale avec tous ses enfants. Miranda ignorait ce qu'il pouvait bien attendre d'une telle rencontre, mais elle était bien décidée à ne pas y prendre part. Cette escapade niçoise constituerait donc une échappatoire idéale.

— Je suis partante, déclara-t-elle. Je devrais pouvoir me libérer de mes obligations à Londres d'ici la fin de la semaine prochaine. Est-ce que cela te conviendrait ?

— Cela me laissera le temps de signer tous les papiers concernant la succession et de récupérer les clés. Je réserverai un vol pour toi. As-tu une préférence, en ce qui concerne l'hôtel ?

Miranda fronça les sourcils. Si elle séjournait à l'hôtel, elle risquait de se faire repérer assez rapidement par les paparazzi qui étaient très nombreux sur la Côte d'Azur.

— Crois-tu que je pourrais loger sur place ? lui demanda-t-elle.

Leandro lui jeta un coup d'œil étonné.

— Bien sûr, répondit-il. Si cela ne te dérange pas de cohabiter avec moi…

— Je ne savais pas que tu comptais te rendre là-bas, toi aussi.

— Il faut que je rencontre les agents immobiliers de la région. Et puis, j'en profiterai pour prendre contact avec les galeristes français qui pourraient être intéressés par la vente.

— Je ne voudrais pas m'imposer, remarqua Miranda. Et puis, tu préfères peut-être profiter de ce séjour pour emmener quelqu'un…

— Non, je comptais partir seul.

Miranda se demanda si cela signifiait qu'il était célibataire, en ce moment. Alors même qu'elle formulait cette question, elle s'interrogea sur les raisons de sa propre curiosité. Après tout, que lui importait que Leandro ait ou non une petite amie ?

Depuis la mort de Mark, elle était demeurée fidèle à sa mémoire. Ses frères le lui reprochaient régulièrement, lui assurant qu'il était temps pour elle de renouer avec la vie. Julius lui avait dit encore récemment que Mark lui-même n'aurait pas voulu la voir se murer ainsi dans son deuil.

Même si Miranda comprenait l'inquiétude de ses frères, elle ne se sentait toujours pas prête à tourner la page. Peut-être faisait-elle preuve d'un romantisme d'un autre âge, mais il lui semblait que le jour où elle sortirait avec un autre homme elle perdrait Mark une seconde fois.

— Le problème, reprit Leandro, c'est qu'il n'y a plus de personnel sur place.

— Nous nous arrangerons, lui assura Miranda. Je me débrouille assez bien en cuisine. Tu n'auras qu'à embaucher une femme de ménage qui viendra une ou deux fois par semaine. Ce sera amplement suffisant.

Leandro parut hésiter quelques instants avant de hocher la tête.

— D'accord, déclara-t-il. Je m'occupe des billets et je t'envoie ça dès que possible.

— Parfait, acquiesça-t-elle. Mais, dis-moi, cela ne t'ennuierait pas de sortir avec moi ?

Il la considéra avec stupeur, et elle prit conscience de l'ambiguïté de sa question.

— Je suis entrée ici pour échapper à un paparazzi, expliqua-t-elle en rougissant. Il n'osera peut-être pas revenir à la charge si je suis accompagnée en sortant.

— Pas de problème, lui assura Leandro. Où veux-tu aller ?

— A ma galerie. C'est juste à côté d'ici.

— Je te suis.

Comme Leandro emboîtait le pas à Miranda, il en profita pour l'observer à la dérobée. Il lui avait toujours trouvé un charme fou, et les années ne lui avaient rien fait perdre de cet attrait, bien au contraire…

Petite et svelte, elle avait une forme de grâce naturelle qui transparaissait dans chacun de ses mouvements. Sa peau était très pâle, et son visage aux traits fins était mis en valeur par d'immenses yeux bruns qui renforçaient l'impression de fragilité et d'innocence qu'elle dégageait.

Miranda lui faisait parfois penser à une fée que l'on aurait arrachée d'un livre d'images pour la projeter dans un monde bien trop cruel pour elle. Son regard reflétait une timidité mêlée de mélancolie, une sorte de distance rêveuse qu'il n'avait jamais vraiment réussi à franchir.

Il n'aurait su dire précisément pourquoi il avait brusquement décidé de lui proposer ce travail. L'idée ne lui en était venue que lorsqu'il s'était retrouvé face à elle dans ce petit café.

D'ailleurs, Miranda avait raison : il aurait parfaitement pu engager quelqu'un sur place ou bien encore confier l'estimation des œuvres à la salle de ventes qui se chargerait de les mettre aux enchères.

Mais il s'était senti touché par la détresse qu'il avait cru déceler dans son regard. Etant donné ce que lui avait dit Julius et ce qu'il avait pu lire dans les journaux au cours de ces dernières semaines, il croyait comprendre ce qu'elle pouvait ressentir ces jours-ci.

D'après son frère, depuis que l'existence de Kat Winwood avait éclaté au grand jour, Miranda avait été poursuivie sans relâche par les journalistes. Elle ne pouvait sortir de chez elle sans être instantanément cernée de micros et d'appareils photo.

Elle devait également faire face à des articles peu élogieux sur sa famille et sur elle-même. Ce devait être d'autant plus difficile que Miranda était quelqu'un de timide et de réservé. Contrairement à ses parents et à son frère Jake, elle avait toujours préféré vivre dans l'ombre, loin des projecteurs.

Leandro avait parfois l'impression que la vie de Miranda s'était arrêtée le jour où son petit ami était mort, alors qu'elle n'avait que seize ans. Depuis lors, elle s'était plus ou moins retirée du monde, se consacrant exclusivement à sa passion pour la peinture.

Cela lui avait permis de devenir l'une des restauratrices d'œuvres d'art les plus talentueuses de sa génération. Elle avait un goût très sûr et n'avait pas son pareil pour repérer les imitations qui étaient bien plus fréquentes qu'on ne le pensait.

En l'engageant, Leandro était certain d'obtenir une estimation aussi sûre que précise de la valeur de la collection de son père. De plus, il offrirait à Miranda un refuge, à l'abri des journalistes qui la persécutaient.

Et, si elle venait s'installer dans la maison de son père, cela éviterait à Leandro de s'y retrouver seul. Il redoutait en effet de se trouver confronté aux souvenirs qui hantaient ces lieux. C'était quelque chose dont il n'avait jamais parlé à personne — pas même à Jake et à Julius qui étaient pourtant si proches de lui.

Il avait préféré leur laisser croire qu'il avait toujours été fils unique, qu'il n'avait jamais eu de petite sœur nommée Rosie et que ce n'était pas à cause de lui que sa famille s'était disloquée, vingt-sept ans auparavant…

2.

— Tu comptes vraiment te rendre en France avec Leandro Allegretti ?

Jasmine Connelly n'en revenait visiblement pas. Miranda était passée la voir à sa boutique pour lui annoncer son prochain départ.

Son amie reposa la robe sur laquelle elle était en train de broder de petits cristaux Swarovski.

L'effet était saisissant et aurait probablement fait rêver bien des femmes. Mais, aux yeux de Miranda, les mariages et leur folklore avaient quelque chose d'un peu déprimant. Ils la faisaient penser à ce qu'elle aurait pu avoir et ne connaîtrait probablement jamais.

— Je dois le rejoindre là-bas, répondit-elle. Il m'a engagée pour l'aider à évaluer la collection d'œuvres d'art de son père.

— Quand dois-tu partir ?

— Demain. C'est pour cela que je suis passée t'embrasser. Je devrais être absente pendant une dizaine de jours, deux semaines tout au plus.

— Voilà qui devrait être intéressant, commenta Jaz d'un ton songeur.

— Pourquoi ?

— Ne me dis pas que tu n'as pas remarqué la façon dont il te regarde !

Miranda parut hallucinée.

— Leandro ? s'exclama-t-elle. Tu te fais des idées. Nous ne nous voyons presque jamais, et lorsque cela arrive il ne décroche quasiment pas un mot.

— Cela devrait te mettre la puce à l'oreille, insista Jasmine. Mais Leandro est presque aussi réservé que toi. Jamais il n'osera faire le premier pas. Vous vous connaissez depuis bien trop longtemps pour ça. Pourtant, je t'assure que si tu lui laisses une chance il n'hésitera pas à la saisir. A mon avis, cela fait très longtemps qu'il a un faible pour toi.

Miranda n'était pas du tout convaincue par les affirmations de son amie. Après tout, Jasmine n'était pas précisément une grande connaisseuse en matière de couple. Elle avait déjà été fiancée deux fois avant de rompre au dernier moment.

Aujourd'hui, elle l'était de nouveau, et Miranda n'était toujours pas convaincue que Myles soit l'homme qu'il lui fallait. Elle s'attendait à ce que Jasmine finisse par s'en apercevoir, comme de coutume, à la veille de leur mariage.

Quant à Leandro, Miranda le connaissait effectivement depuis de longues années. S'il avait réellement éprouvé des sentiments pour elle, il aurait probablement laissé transparaître quelque chose auparavant.

— Je ne sais même pas s'il a une petite amie, remarqua-t-elle.

Un sourire se dessina sur les lèvres de Jasmine.

— Dois-je comprendre que le sujet t'intéresse ? Et moi qui pensais que ce jour n'arriverait jamais !

— Ne t'emballe pas, protesta Miranda. Je ne vais pas sortir avec Leandro juste parce que tu t'es mis en tête qu'il en pinçait pour moi. Je suis juste curieuse.

Jasmine haussa les épaules.

— Comme tu l'as dit, Leandro n'est pas très bavard. Franchement, je ne sais quasiment rien de sa vie privée.

Il pourrait aussi bien vivre dans l'abstinence la plus totale qu'être un obsédé comme Jake…

Comme à chaque fois que Jaz prononçait le nom de ce dernier, il y avait dans sa voix un mélange de mépris et d'inimitié que ni Miranda ni Julius ne s'expliquaient. Jake et elle avaient été très proches, étant plus jeunes. Mais il s'était passé quelque chose entre eux lors de l'un des réveillons du nouvel an organisé par les parents de Miranda.

A partir de ce jour, tous deux s'étaient soigneusement évités. Et lorsqu'ils n'avaient d'autre choix que de se croiser ils faisaient preuve de la plus grande indifférence l'un envers l'autre. La situation n'avait échappé à personne, mais ni Jake ni Miranda n'avaient jamais voulu expliquer les raisons de cette brouille.

— Est-ce que c'est la robe de Holly ? demanda Miranda en désignant le vêtement sur lequel son amie était en train de travailler.

— Non. Elle la trouverait sûrement beaucoup trop tape-à-l'œil. Celle que nous avons imaginée ensemble est beaucoup plus simple. Je pense qu'elle te plaira beaucoup.

— Que penses-tu d'elle ?

— De Holly ? Je l'aime beaucoup. Et toi ?

— Moi aussi, répondit Miranda sans hésiter. Et je suis ravie de voir Julius aussi heureux. Entre nous, je commençais à me demander s'il tomberait un jour amoureux…

— Comme quoi, il ne faut jamais dire jamais, déclara Jasmine d'un ton lourd de sous-entendus.

— Si tu le dis, éluda Miranda. Bon, je ferais mieux d'y aller. Je dois encore faire ma valise.

— N'oublie pas de prendre des sous-vêtements sexy, lui conseilla Jaz en riant. On ne sait jamais…

Miranda s'abstint prudemment de répondre et leva les yeux au ciel.

Lorsque l'avion de Miranda se posa à Nice, le lendemain après-midi, Leandro l'attendait à l'aéroport. Il était vêtu de façon nettement plus décontractée que lorsqu'ils s'étaient croisés à Londres.

Peut-être à cause de ce que lui avait dit Jasmine la veille, Miranda ne put s'empêcher de constater à quel point il était séduisant. Lorsque leurs regards se croisèrent, elle se demanda si son amie ne s'était pas montrée plus perspicace qu'elle ne l'avait cru.

Se pouvait-il que la distance polie que Leandro maintenait entre eux ne soit en réalité qu'une façade ? Etait-ce une façon de conjurer les sentiments qu'il éprouvait à son égard ? L'idée même qu'il puisse la trouver désirable éveilla en elle une pointe de désir.

C'était la première fois depuis la mort de Mark qu'elle se sentait troublée par un homme. Et dire qu'elle allait passer deux semaines en sa compagnie…

— Bonjour, lui dit-elle en s'efforçant de dissimuler le malaise qui l'habitait.

— Bonjour, Miranda.

Une fois encore, il se garda de lui faire la bise, se contentant de lui adresser un léger signe de la tête. Elle ne savait pas comment elle était censée interpréter cette étrange retenue.

— Est-ce que ton vol s'est bien passé ?

— Parfaitement. Mais tu n'étais pas obligé de me prendre un billet de première classe, tu sais.

— La dernière fois que j'ai voyagé en seconde, ma voisine s'est mis en tête de me raconter sa vie de A à Z. J'ai préféré t'éviter ce genre de désagrément.

— C'est très gentil à toi, répondit Miranda.

Elle était convaincue que la voisine en question avait surtout cherché à éveiller son intérêt. Visiblement, elle n'y était pas parvenue.

Leandro lui prit son sac et la guida à travers l'aéroport jusqu'au parking où il avait garé la voiture qu'il avait louée pour la durée de leur séjour. Il ouvrit galamment sa portière avant d'aller déposer son bagage dans le coffre. Tandis qu'il s'installait au volant, elle lui jeta un regard en coin.

Comme souvent, son visage ne trahissait aucune émotion. Il demeurait parfaitement inexpressif, les yeux rivés sur la route devant lui. Mais, en dépit de son apparente impassibilité, Miranda croyait percevoir en lui une certaine tension. Ses mains étaient légèrement crispées sur le volant et sa mâchoire légèrement contractée.

— Est-ce que ça va ? lui demanda-t-elle.

Il se tourna brièvement pour lui décocher un sourire qui se voulait rassurant mais ne laissait transparaître aucune joie.

— J'ai un peu mal à la tête, répondit-il.

Miranda se rappelait encore la migraine fulgurante qui l'avait terrassé, durant l'un de ses séjours à Ravensdene. Elle avait été si violente qu'il avait dû s'allonger au beau milieu de la journée dans une chambre aux volets clos. Inquiets, les parents de Miranda avaient fini par appeler leur médecin qui lui avait injecté un puissant antalgique.

— Ce n'est rien, je t'assure, ajouta-t-il. Juste un peu de fatigue…

— Quand es-tu arrivé ? l'interrogea-t-elle.

— Hier. Je pensais venir plus tôt, mais j'avais une réunion à Stockholm qui s'est éternisée.

— Ce doit être étrange pour toi de te retrouver ici, remarqua-t-elle. Est-ce que tu étais déjà revenu, depuis le divorce de tes parents ?

— Non.

Le ton de sa voix n'engageait guère Miranda à poursuivre la conversation. Elle aurait pourtant voulu en savoir un peu plus sur ce qui s'était réellement passé entre Vittorio et lui. Elle ne parvenait pas à comprendre qu'un père puisse tourner le dos à son fils uniquement parce que son mariage avait été un échec.

Après tout, ses propres parents avaient divorcé avant sa naissance. Mais, en dépit des échanges parfois cruels qu'ils avaient pu avoir à cette époque, aucun d'eux n'avait délaissé Jake et Julius.

— Tu ne t'entendais vraiment pas avec ton père, n'est-ce pas ? ne put-elle s'empêcher de demander.

— C'est vrai.

— Est-ce que c'est parce qu'il buvait ? Julius m'a dit que cela avait donné lieu à quelques scènes embarrassantes, lors de ses visites à Londres…

— Mon père n'a pas toujours été un alcoolique, répondit Leandro.

— C'est à cause du divorce qu'il a commencé à boire ?

— Cela n'a pas dû aider.

Miranda hésita. Il était évident que Leandro n'avait aucune envie de discuter de cela, mais la curiosité finit par l'emporter et elle décida de poursuivre son interrogatoire. Après tout, s'il se sentait trop mal à l'aise, il finirait bien par l'arrêter.

— Est-ce qu'il s'est remarié, ensuite ?

— Non. Il a eu quelques petites amies au fil des années, mais cela n'a jamais duré très longtemps. Il faut dire qu'il n'était pas facile à vivre.

— Est-ce pour cela que ta mère est partie ?

Leandro demeura silencieux si longtemps qu'elle crut ne jamais avoir de réponse.

— Ce n'est pas à cause de lui, reprit-il d'une voix si basse qu'elle dut tendre l'oreille pour l'entendre. C'est à cause de moi qu'ils ont divorcé.

— De toi ? s'exclama Miranda, stupéfaite. Mais ça n'a pas de sens… Tu n'avais que huit ans, à l'époque, si je me souviens bien.

— Nous ne sommes plus très loin, déclara alors Leandro. Est-ce que c'est la première fois que tu viens à Nice ?

— Je suis déjà venue, il y a quelques années. Mais ne change pas de sujet. Pourquoi te considères-tu comme responsable du divorce de tes parents ?

— Parce que c'est le cas, rétorqua-t-il froidement.

Cette fois, Miranda jugea préférable de ne pas insister. Il ne servait à rien de le brusquer. Après tout, elle aurait tout le temps de lui poser d'autres questions au cours des deux semaines qu'ils passeraient ensemble.

Leandro venait d'ailleurs de ralentir devant un portail automatique qui s'ouvrit lentement devant eux, révélant une grande demeure qui devait dater de la Belle Epoque. Elle avait dû être splendide, autrefois, mais il était évident qu'elle n'avait pas été entretenue depuis bien longtemps.

Le jardin était envahi d'herbes folles et, apparemment, les murs de la bâtisse, noircis par la pollution, n'avaient jamais été ravalés. Deux des fenêtres avaient été sommairement murées à l'aide de planches, et les autres laissaient apercevoir des voilages défraîchis.

Pourtant, le piètre état de la maison ne suffisait pas à dissimuler complètement l'élégance de l'architecture, la finesse des moulures, des encorbellements ou des balustrades de fer forgé qui ornaient la façade.

— C'est un endroit magnifique, commenta Miranda, admirative. Un véritable bijou d'architecture Art nouveau. C'est vraiment ici que tu as grandi ?

Il hocha la tête. L'expression de son visage indiquait clairement qu'il était loin de partager son enthousiasme.

— La maison est en piteux état, lâcha-t-il.

— C'est vrai, reconnut Miranda. Mais, une fois rénovée, ce sera une vraie merveille. Je suis vraiment heureuse que tu m'aies fait venir. J'ai hâte de découvrir ce qui nous attend à l'intérieur !

— De la poussière et des toiles d'araignée, répondit Leandro. Et des mauvais souvenirs…

Il se gara devant les marches de pierre qui permettaient d'accéder à la porte d'entrée.

— J'espère que tu ne seras pas trop déçue, reprit-il en sortant de sa poche un trousseau de clés. En tout cas, si tu changes d'avis, il n'est pas trop tard pour aller t'installer à l'hôtel. Il y en a un tout près d'ici.

— Je t'assure que je préfère séjourner sur place. On en apprend beaucoup sur un collectionneur en découvrant où et comment il vit. Et puis, je ne vais tout de même pas me laisser impressionner par quelques araignées !

Un léger sourire se dessina sur les lèvres de Leandro, renforçant le charme naturel qu'il dégageait. Elle réalisa alors qu'elle avait réellement pris un risque en acceptant son invitation.

Lorsqu'elle était plus jeune, Leandro avait incarné pour elle une forme d'idéal masculin. Et, bien que des années se soient écoulées depuis et qu'il ne se soit jamais rien passé entre eux, les sentiments de Miranda à son égard étaient toujours très ambigus.

Elle ne le connaissait pas suffisamment pour le considérer véritablement comme un ami. Pourtant, il était pour elle quelqu'un d'important, quelqu'un qui comptait probablement plus à ses yeux qu'elle ne voulait bien se l'avouer.

Quelle influence cette cohabitation aurait-elle sur leurs rapports ? L'attirance qu'elle avait ressentie autrefois renaîtrait-elle ? A moins qu'une amitié dénuée de toute arrière-pensée s'installe entre eux au fil des jours ?

L'incapacité dans laquelle elle se trouvait de répondre

à ces questions lui paraissait à la fois angoissante et légèrement excitante. Pour la première fois depuis des années, Miranda avait l'impression qu'elle était sur le point de plonger dans l'inconnu.

Leandro s'effaça alors pour la laisser pénétrer dans le hall. C'était une pièce immense, emplie de bustes de bronze et de statues de marbre et d'onyx. Elles étaient disposées un peu partout, sans grand effort de mise en valeur.

Aux murs étaient accrochés de nombreux tableaux de styles très différents. La plupart devaient dater du XVIIe et XVIIIe siècles mais elle aperçut une Vierge à l'Enfant et un retable qui étaient beaucoup plus anciens.

Un simple coup d'œil lui permit de comprendre que cette maison recelait probablement des trésors. Mais, tout comme la demeure elle-même, ces œuvres d'art avaient été trop longtemps négligées. La plupart étaient couvertes de poussière, ce qui donnait à la pièce une ambiance de maison hantée.

— On dirait effectivement que je vais avoir du travail, murmura-t-elle.

— Ces tableaux ne font pas partie de la collection proprement dite, lui indiqua Leandro. Je te la montrerai tout à l'heure mais avant tout je vais te conduire à ta chambre. Tu pourras déballer tes affaires et te rafraîchir un peu, si tu le souhaites.

Miranda hocha la tête et le suivit en direction du grand escalier de marbre qui desservait les étages. Ils arrivèrent au premier.

Tandis qu'ils remontaient le long couloir qui le traversait, ils passèrent devant plusieurs portes entrouvertes. Dans la plupart des pièces, les meubles étaient recouverts de draps blancs.

— Ma chambre est là, lui indiqua Leandro en désignant l'une des portes closes.

Un peu plus loin, ils parvinrent à la chambre que Miranda occuperait le temps de son séjour. Leandro avait pris soin de la faire nettoyer et de l'aérer. La pièce paraissait confortable, bien qu'un peu étroite.

— Ce n'est pas très à la mode, ironisa Leandro. Mais le matelas a l'air correct, la salle de bains fonctionne, et les draps ont été changés. Tu trouveras une serviette, du savon et du dentifrice.

— Alors c'est vraiment la première fois que tu reviens ici après toutes ces années ? lui demanda-t-elle.

— Oui.

— Est-ce qu'au moins tu as eu le temps de dire au revoir à ton père avant sa mort ?

Le visage de Leandro se ferma brusquement.

— Nous nous sommes dit au revoir il y a déjà bien longtemps, répondit-il. Je vais te laisser t'installer, à présent. Je serai dans le bureau, au rez-de-chaussée.

Il déposa le sac de Miranda dans un fauteuil et fit mine de sortir.

— Que s'est-il passé entre vous, exactement ? ne put-elle s'empêcher de lui demander.

— Arrête de me poser toutes ces questions, rétorqua-t-il d'une voix très sèche. Je n'ai pas besoin d'une psy.

Miranda ne s'attendait pas à une telle réaction. C'était peut-être la première fois de sa vie qu'elle le voyait se mettre en colère. D'habitude, il savait garder le contrôle de ses émotions en toute situation.

— Je suis désolée, s'excusa-t-elle. Je ne voulais pas te blesser…

En soupirant, il passa la main dans ses cheveux.

— C'est moi qui suis désolé. Je n'aurais pas dû te parler de cette façon.

— Je comprends, objecta-t-elle. Ce doit être très difficile pour toi.

Il se mordilla nerveusement la lèvre, comme s'il voulait dire quelque chose mais qu'il n'osait pas.

— N'hésite pas à me dire si tu as besoin de quoi que ce soit d'autre, d'accord ? Je n'ai pas l'habitude d'avoir des invités…

— Même à Londres ?

Il lui jeta un regard étonné.

— Que veux-tu dire ?

Elle n'avait pu se retenir de lui poser cette question et le regrettait déjà. Elle avait parlé sans réfléchir.

— Tu veux parler de petites amies ? lui demanda-t-il.

C'était précisément ce à quoi elle avait voulu faire allusion. Elle prenait brusquement conscience du caractère déplacé de la question.

Quelle idiote, se tança-t-elle intérieurement.

Tous deux n'étaient pas assez proches pour qu'elle l'interroge sur sa vie privée. D'ailleurs, elle n'était pas certaine de vouloir en savoir plus à ce sujet.

— Je n'aurais jamais imaginé que tu puisses t'intéresser à ma vie sentimentale, remarqua-t-il d'un ton légèrement amusé.

— Cela fait longtemps que je ne t'ai pas vu. Il n'y a rien de surprenant à ce que je m'informe.

— Très bien, acquiesça-t-il. Que veux-tu savoir ?

L'atmosphère avait brusquement changé entre eux, et la pièce dans laquelle ils se trouvaient paraissait brusquement plus petite, comme si les murs s'étaient rapprochés.

Miranda était douloureusement consciente du pouvoir de séduction qui émanait de Leandro et de l'effet qu'il exerçait sur elle. Jamais elle n'avait réagi aussi intensément à la présence d'un homme. Il lui semblait que son regard la transperçait de part en part.

Cherchant désespérément quelque chose à dire, elle s'humecta les lèvres. Cette marque de nervosité n'échappa pas à Leandro, et elle vit l'expression de son visage se modifier. Un éclat étrange apparut dans ses yeux sans qu'elle puisse dire s'il trahissait du désir ou seulement de la surprise.

Miranda songea alors qu'ils étaient seuls dans cette immense demeure. Personne pour les déranger, personne pour les stopper si jamais la température devait encore monter d'un cran… Et, si Leandro se montrait entreprenant à son égard, serait-elle vraiment capable de lui résister ?

— Je ne voudrais pas que ma présence ici froisse la sensibilité d'une éventuelle petite amie, parvint-elle enfin à articuler, ayant quelque peu retrouvé ses esprits.

Un sourire teinté de malice se dessina sur les lèvres de Leandro.

— Si j'avais effectivement une petite amie, est-ce que cela te dérangerait que je la fasse venir ici ? lança-t-il.

Cette éventualité éveilla en elle un brusque accès de jalousie dont l'intensité la prit de court. Après tout, elle n'avait aucunement l'intention de sortir avec Leandro. Elle n'avait strictement aucun droit sur lui, et il était libre d'inviter qui il voulait dans cette maison qui était désormais la sienne. Alors pourquoi se sentait-elle tout à coup si nerveuse ?

— Ce n'est pas parce que je me suis vouée au célibat que je m'attends à ce que les autres suivent mon exemple, répondit-elle.

L'expression de Leandro se modifia de nouveau. Il la regarda longuement, en silence, paraissant hésiter à lui dire ce qu'il avait sur le cœur.

— Penses-tu que Mark se serait sacrifié de cette façon, si les rôles avaient été inversés ? lui demanda-t-il enfin.

C'était un argument qu'elle avait déjà entendu bien souvent dans la bouche de ses frères et de Jaz. Tous trois ne cessaient de lui répéter qu'elle était en train de perdre les plus belles années de sa vie et qu'un jour elle le regretterait amèrement.

Mais ce n'était pas son point de vue. Personne ne pouvait comprendre ce qu'elle ressentait réellement.

— Ecoute, déclara-t-elle enfin, je te propose un marché : si tu ne veux plus que je te pose des questions au sujet de ton père, j'arrêterai de le faire. Mais en échange évite de me dispenser ce genre de conseils, d'accord ? C'est ma vie, et je suis assez grande pour prendre mes décisions.

— Mais celle-là, tu l'as prise alors que tu n'étais encore qu'une enfant, lui rappela Leandro.

— J'avais seize ans, objecta-t-elle. Et je te prie de croire qu'après la mort de Mark j'ai définitivement laissé mon enfance derrière moi.

— Tu sais pourtant que, s'il avait vécu, vous ne seriez probablement plus ensemble, à l'heure qu'il est.

— Qu'est-ce qui te permet d'affirmer une chose pareille ? s'exclama-t-elle, sidérée.

— L'expérience, répondit-il. La plupart des couples qui se forment à l'adolescence ne survivent pas au passage à l'âge adulte.

— C'est vrai, concéda Miranda. Mais dans notre cas c'était différent. Mark et moi nous connaissions depuis l'enfance. Nous étions amis depuis longtemps, avant de sortir ensemble. C'était mon âme sœur, et nous aurions passé notre vie l'un avec l'autre.

— Tu le penses vraiment ? lui demanda Leandro d'un ton ouvertement dubitatif.

Il était évident qu'il n'accordait que peu de crédit à ses affirmations. L'idée même d'âme sœur devait lui sembler être une absurdité.

Comment aurait-il pu comprendre la relation si particulière qu'elle avait nouée avec Mark ? Dès qu'ils s'étaient rencontrés à l'école, ils avaient su qu'ils deviendraient amis. Cette évidence s'était imposée à eux sans qu'ils puissent réellement se l'expliquer.

Ils avaient grandi ensemble, devenant inséparables. Ils s'étaient suivis de classe en classe et avaient passé le plus clair de leur temps l'un chez l'autre. James et Susanne, les parents de Mark, l'avaient toujours considérée comme un membre à part entière de leur famille.

Auprès d'eux, elle avait trouvé une forme d'harmonie et de sérénité qui n'avait jamais eu cours chez les Ravensdale. Ils avaient toujours été là pour elle, dans les moments heureux comme dans les moments difficiles.

Personne n'avait été surpris lorsque l'amitié de Mark et de Miranda s'était muée en quelque chose de plus fort. Dès l'âge de quatorze ans, ils étaient sortis ensemble. Il était le seul homme qu'elle n'ait jamais connu physiquement, le seul à avoir dormi à ses côtés, le seul à avoir véritablement pris une place dans son cœur.

Lorsqu'il était mort, une partie d'elle avait disparu avec lui. Elle pouvait comprendre que sa décision de demeurer célibataire puisse sembler étrange à ses proches.

Mais, en son âme et conscience, elle était convaincue que personne ne pourrait jamais lui apporter ce qu'elle avait trouvé auprès de Mark. Elle ne voyait pas l'intérêt de se forcer à rencontrer quelqu'un d'autre dans le seul but d'échapper à la solitude.

— Je ne cherche à convaincre personne, répondit-elle. De toute façon, comment pourrais-tu savoir ce que Mark et moi ressentions vraiment l'un pour l'autre ? Tout ce que je te demande, c'est de respecter mes choix de vie.

Leandro parut être sur le point de réagir mais se ravisa.

— Très bien, concéda-t-il. Comme je te le disais, je t'attendrai au salon. J'ai réservé une table pour le dîner dans un restaurant que l'on m'a recommandé.

Miranda fronça légèrement les sourcils. Si elle acceptait cette invitation, il se trouverait probablement un paparazzi pour les photographier ensemble. Tout le monde penserait alors qu'ils sortaient ensemble, y compris les parents de Mark.

Bien sûr, ils l'avaient toujours encouragée à reprendre le cours de sa vie et à trouver un nouveau petit ami, mais elle savait que le simple fait de se remettre en couple raviverait leurs blessures.

Quel sens cela aurait-il de leur infliger une telle souffrance alors même qu'il n'y avait rien entre Leandro et elle ?

— Tu ne préfères pas que je nous prépare à manger ici ? suggéra-t-elle.

— Il faut savoir, protesta-t-il avec ironie. Tu ne peux pas être à la fois la Belle au bois dormant et Cendrillon !

Miranda ne supporta pas cette pique lancée gratuitement.

— Est-ce pour te moquer de moi que tu m'as fait venir jusqu'ici ? lui demanda-t-elle sèchement.

— Je ne cherchais pas à me moquer, assura-t-il.

— Vraiment ? Et que faisais-tu, alors ?

Leandro parut réfléchir à la question.

— Très franchement, lui avoua-t-il enfin, je n'en ai pas la moindre idée.

— Qu'est-ce que c'est censé vouloir dire ? s'exclama-t-elle d'un ton sec.

Il s'avança vers elle jusqu'à ce qu'ils ne soient plus séparés que de quelques centimètres. Tendant alors la main, il effleura sa joue du revers de la main, lui arrachant un frisson qui se propagea dans tout son corps.

Elle demeura paralysée sur place, tétanisée, le cœur battant à tout rompre. Jamais il ne l'avait touchée de façon aussi douce, aussi délicate. Jamais elle n'avait imaginé qu'il puisse le faire un jour. Mais maintenant qu'ils étaient face à face, plongés tous les deux dans une telle intimité, il semblait à Miranda que toutes ses certitudes étaient en train de vaciller.

— Je n'aurais jamais dû te proposer de venir, murmura-t-il alors.

— Pourquoi ?

Il la fixa droit dans les yeux, et elle crut discerner dans son regard une part d'ombre presque vertigineuse.

— Parce qu'il y a certaines choses que tu ignores à mon sujet, répondit-il enfin.

Elle avala difficilement sa salive, se demandant à quoi il pouvait bien faire allusion.

— Je suis peut-être naïve, lâcha-t-elle d'une voix légèrement rauque, mais il me semblait que tu m'avais fait venir ici pour que j'expertise la collection d'œuvres d'art de ton père.

— C'est en partie vrai, concéda-t-il.

— En partie ? répéta-t-elle.

Il soupira et détourna les yeux en direction de la fenêtre par laquelle on apercevait le jardin en contrebas.

— Lorsque je t'ai vue dans ce café, cachée derrière ce pot de fleurs, je me suis senti désolé pour toi.

Un nouveau frisson parcourut Miranda. Mais celui-ci était aussi glacé que le précédent avait été brûlant.

— Désolé ? s'exclama-t-elle vivement. Tu veux dire que tu as inventé cette mission juste parce que tu avais pitié de moi ?

— Bien sûr que non !

— Est-ce que cette collection existe, au moins ?

— Evidemment.

— Dans ce cas, déclara-t-elle froidement, tu ferais sans doute mieux de me la montrer.

Leandro laissa échapper un soupir empli de résignation.

— Très bien, lui dit-il. Suis-moi…

Miranda lui emboîta le pas, et ils quittèrent la chambre pour redescendre au rez-de-chaussée. De retour dans le hall, Leandro ouvrit une porte qui donnait sur un grand salon richement meublé qui, contrairement à la plupart des pièces qu'elle avait aperçues jusqu'alors, donnait l'impression d'avoir été utilisé récemment.

Ils le traversèrent pour atteindre la salle suivante qui avait dû être une salle de bal. Lorsque Leandro alluma l'immense lustre de cristal qui tenait lieu de plafonnier, Miranda ne put réprimer un petit cri de stupeur mêlée d'admiration.

Accrochées aux murs, il y avait des dizaines de toiles parmi lesquelles un simple coup d'œil lui permit de reconnaître deux Turner et un Gainsborough. Il y avait aussi plusieurs tableaux impressionnistes qui, s'ils étaient authentiques, devaient valoir une petite fortune.

Des dizaines d'autres œuvres étaient entreposées au centre de la pièce, maintenues à la verticale par de lourds chevalets de bois et protégées par de grands draps. Il s'agissait probablement de l'une des plus riches collections particulières qu'elle n'ait jamais vues.

— C'est incroyable, souffla-t-elle, le cœur battant à tout rompre. J'étais loin d'imaginer trouver un tel trésor en venant ici… Il y a beaucoup trop de tableaux pour que je puisse tous les estimer et les rénover…

— Tout ce que je te demande, c'est une estimation approximative, objecta Leandro. Et tu n'auras qu'à restaurer les toiles les plus abîmées.

— Tu devrais prendre ton temps. Une telle vente ne s'organise pas à la légère. Et qui sait ? Tu pourrais avoir envie de garder certains de ces tableaux…

— Non, répondit-il sans hésiter. Je ne veux pas de cette collection, ni de l'argent qu'elle rapportera à la vente. L'intégralité des bénéfices ira à des œuvres caritatives.

— Mais il y en a pour plusieurs millions de livres, balbutia Miranda.

— Cela ne change rien.

— Ecoute, essaya-t-elle de le raisonner, si tu ne veux pas de cet argent, tu pourrais créer un musée. Cela éviterait que la collection ne soit disséminée aux quatre coins de la planète. Ton père y a visiblement consacré sa vie…

— Peut-être, concéda Leandro. Mais il est mort, aujourd'hui. Je ne veux rien lui devoir.

Sur ce, il tourna les talons et quitta la pièce à grands pas, la laissant seule face à cette véritable mine d'or qui s'offrait à elle.

3.

Leandro faisait les cent pas dans le bureau de son père comme un lion en cage. Il avait eu tort d'inviter Miranda ici. Cet endroit était l'épicentre de ses angoisses les plus intimes et il abritait ses secrets les mieux enfouis. Il avait pourtant suffi de quelques minutes à Miranda pour comprendre qu'il ne lui avait pas tout dit au sujet de sa famille.

Il aurait sans doute mieux fait de mettre directement en vente la collection de son père. Le commissaire-priseur et les enchérisseurs se seraient chargés d'évaluer les œuvres. De toute façon, il n'avait pas l'intention de garder l'argent que rapporterait la vente, alors pourquoi avoir tant tenu à ce que ce soit Miranda qui gère le dossier ?

A vrai dire, il ne comprenait même pas pourquoi son père lui avait légué ces tableaux. Au cours de ces dernières années, leurs relations s'étaient limitées à un e-mail ou un message téléphonique au moment de Noël et de leurs anniversaires respectifs.

Les rares fois où ils s'étaient parlé de vive voix, son père lui avait semblé être ivre. Il s'exprimait de façon confuse et embrouillée, paraissant mélanger les dates et les lieux et tenant des propos sans queue ni tête. Mais peut-être était-ce juste l'effet de ses abus passés.

Avait-il su combien il en coûterait à Leandro de venir ici ? Etait-ce pour cela qu'il lui avait transmis ses biens ? Etait-ce une forme de vengeance *postmortem*, une façon de le faire culpabiliser ?

Si tel était le cas, son père avait atteint son but. Car cette demeure et tout ce qu'elle contenait lui rappelait cruellement ce qu'il avait cherché à fuir pendant toutes ces années.

Réprimant un soupir, Leandro interrompit ses déambulations et alla se poster devant la fenêtre. Il contempla pensivement le jardin en friche, se rappelant la vision idyllique qu'il offrait autrefois.

Lorsqu'il était enfant, l'herbe était régulièrement tondue, les haies méticuleusement taillées et les parterres emplis de fleurs multicolores. Il se rappelait encore l'odeur des roses qui flottait dans l'air et les parties de cache-cache qu'il faisait là avec sa sœur.

Pour eux, c'était un terrain de jeu inépuisable. Il se pliait à tous les caprices de leur imagination, devenant tour à tour jungle inextricable, jardin magique ou forêt mystérieuse.

A présent, ce lieu autrefois idyllique n'était plus qu'un lointain souvenir. Son aspect désolé lui faisait irrésistiblement penser à ce qu'était devenue l'existence de son père. Et tout cela s'était produit par sa faute.

Combien de temps faudrait-il à Miranda pour le comprendre ? Tôt ou tard, elle découvrirait la chambre de Rosie. Leandro n'avait pu résister à la tentation d'y entrer, la veille au soir, et il le regrettait amèrement.

Pénétrer dans cette pièce s'apparentait à un voyage dans le temps. Tout y était demeuré figé, comme si Rosie venait tout juste de sortir et qu'elle pouvait revenir d'un moment à l'autre.

Ses poupées étaient alignées sur leur étagère, ses vêtements rangés dans l'armoire, ses derniers dessins soigneusement empilés sur le petit bureau et fixés aux murs. Il y avait même quelques cheveux bruns qui demeuraient accrochés à la brosse, dans la salle de bains.

La serviette qu'ils avaient emmenée à la plage, ce jour-là, était pliée et posée sur le lit de princesse dont elle était si fière. C'était son « lit de grande », et elle lui avait raconté avec enthousiasme le jour où elle était allée le choisir au magasin avec sa mère.

Leandro avait du mal à comprendre pourquoi son père avait décidé de conserver la chambre de Rosie en l'état. En avait-il fait un mausolée où il venait régulièrement pleurer sa fille disparue ? Ou avait-il espéré contre toute attente qu'elle réapparaisse un jour ?

La police n'avait pourtant laissé aucun espoir à ses parents. Au bout de deux mois de vaines investigations, ils avaient annoncé qu'en l'absence du moindre élément concret ils n'avaient d'autre choix que de classer l'affaire.

Depuis lors, Leandro avait eu l'occasion de compulser les statistiques officielles et il avait rapidement compris que, dans les cas de ce genre, les chances de retrouver la personne disparue étaient quasiment nulles. Rosie avait rejoint la longue cohorte de ces gens qui se volatilisaient sans laisser de trace.

Combien de familles se retrouvaient ainsi endeuillées chaque année ? Combien de gens traversaient cette phase de questionnement et de doutes que Leandro n'avait jamais vraiment surmontée ? Les premiers temps, il avait ardemment prié pour que Rosie revienne, faisant mille promesses en échange de son retour.

Malheureusement, nul ne semblait avoir entendu ses supplications. Lentement, la sensation de douleur et de manque s'était résorbée sans jamais disparaître complètement. Elle resurgissait chaque fois qu'il apercevait une petite fille de l'âge qu'avait Rosie à l'époque du drame.

La culpabilité qui accompagnait invariablement son

souvenir ne faiblissait pas, en revanche. Elle était aussi vive que sur la plage, ce jour-là, et aussi douloureuse qu'une plaie ouverte.

Il n'avait suffi que d'un instant d'inattention de sa part, quelques dizaines de secondes passées à observer un homme qui faisait du ski nautique non loin du rivage.

Sa mère était allée leur chercher des glaces, et lorsqu'elle était revenue Rosie avait disparu. Les heures qui avaient suivi sa disparition étaient demeurées gravées dans sa mémoire. Il se rappelait leurs recherches le long de la plage, les appels paniqués de sa mère, les gens qu'ils interrogeaient et qui n'avaient rien remarqué de particulier.

Les gardes-côtes s'étaient joints à eux, ainsi que la police municipale. Ils avaient ratissé la plage d'un bout à l'autre, avaient questionné tous ceux qui se trouvaient aux alentours. En vain.

Les jours suivants avaient été un véritable enfer. Le couple que formaient ses parents n'avait sans doute jamais été très solide. Mais ce terrible coup du sort avait sonné le glas de leur mariage. La tension entre eux était devenue insupportable, se muant régulièrement en terribles disputes qui ne faisaient qu'accentuer la détresse de Leandro.

Au bout de deux ans, ses parents avaient jeté l'éponge et divorcé dans la foulée. Son père ne s'était même pas soucié de demander un droit de visite. Lorsque sa mère avait décidé de rentrer en Angleterre, elle l'avait emmené avec lui.

Elle ne lui avait jamais ouvertement reproché la disparition de Rosie, mais Leandro savait qu'au fond d'elle-même elle le considérait comme le principal responsable. Son père le lui avait dit explicitement lors de l'une de ses rares visites à Londres.

Il s'était excusé le lendemain, lui assurant qu'il était

ivre et s'était exprimé sous l'influence de l'alcool. Mais Leandro n'avait pas attendu cette accusation pour prendre conscience de l'écrasante responsabilité qui pesait sur ses épaules. S'il avait surveillé sa sœur comme il était supposé le faire, jamais celle-ci n'aurait disparu.

Depuis ce jour funeste, il vivait avec le poids écrasant d'une faute que rien ne pourrait jamais alléger. Il avait envisagé tous les scénarios, y compris les plus atroces. Et c'étaient ceux-là qui revenaient le hanter jusque dans ses pires cauchemars.

Il n'aurait jamais pensé que les choses puissent empirer. Pourtant, il s'était trompé. Jusqu'ici, il était parvenu à garder pour lui ce secret honteux. Il ne s'était confié à aucun de ses amis et n'avait eu à affronter que le lourd jugement de ses parents.

Mais l'idée que Miranda puisse découvrir la vérité éveillait en lui une sourde angoisse. Il avait toujours éprouvé à son égard un mélange d'admiration et de tendresse, et l'opinion qu'elle avait de lui comptait beaucoup à ses yeux.

Miranda avait passé plus d'une heure à recenser les œuvres que Vittorio Allegretti avait accumulées au cours de son existence, et son impression initiale s'en était trouvée confortée. Elle avait affaire à l'une des plus belles collections privées qu'elle n'ait jamais été chargée d'expertiser.

Elle en était rapidement venue à la conclusion que plusieurs pièces devraient faire l'objet d'une analyse plus approfondie. Elle aurait besoin d'avoir accès à un laboratoire dans lequel elle pourrait procéder à différents tests.

Il lui faudrait passer un certain nombre de toiles aux rayons X, aux infrarouges et à la spectroscopie Raman de façon à établir la composition des pigments et des vernis ainsi que la présence d'éventuels brouillons et retouches.

Mais elle aurait aussi voulu en savoir plus sur la façon dont le père de Leandro avait constitué cette formidable collection. Où s'était-il procuré ces tableaux ? Quels avaient été ses critères de sélection ? Avait-il imaginé les exposer un jour ou les conservait-il pour son seul plaisir ?

Une chose était sûre : les toiles étaient les seules à avoir fait l'objet des soins de la part de leur propriétaire. Le reste de la maison était dans un triste état. Visiblement, personne n'avait fait le ménage depuis des années. Les tentures et les tapisseries étaient couvertes de poussière, et d'innombrables toiles d'araignée rhabillaient les angles de chaque mur.

Quant aux meubles et aux bibelots, ils n'avaient pas été entretenus depuis bien longtemps. La plupart d'entre eux avaient pourtant de la valeur : Miranda reconnut notamment un bureau de style George IV, un cabinet italien qui devait dater du XVIIe siècle, un ensemble de chaises Régence et un magnifique buffet Louis XV.

Il y avait aussi des vases chinois de l'époque Ming, une superbe collection de bouddhas thaïs en bronze et de superbes statuettes de jade japonaises. C'était un véritable trésor qui témoignait d'un goût très sûr et d'une connaissance encyclopédique en matière d'histoire de l'art.

Miranda ne parvenait pas à comprendre comment Leandro pouvait envisager de se séparer de l'ensemble de ces pièces. Cela reviendrait à anéantir l'œuvre d'une vie entière.

Lorsqu'elle eut achevé son inventaire, Miranda décida d'aller faire un tour dehors pour prendre un peu l'air.

Il faisait encore très chaud en cette fin d'après-midi, et elle s'enfonça dans le jardin.

Comme le reste de la maison, il avait dû être magnifique, autrefois, songea-t-elle avec une pointe de tristesse. Mais lui aussi avait finalement été laissé à l'abandon. Miranda avait cru tout d'abord que ce manque d'entretien s'expliquait par les difficultés financières qu'avait pu rencontrer le père de Leandro.

Mais, en découvrant sa collection de meubles et d'œuvres d'art, elle avait compris qu'il n'en était rien. La vente de quelques articles lui aurait certainement permis de financer une restauration du domaine.

Alors pourquoi avait-il laissé l'endroit se délabrer ainsi ? Pourquoi n'avait-il même pas pris la peine d'embaucher une femme de ménage ou un jardinier ?

Alors qu'elle retournait ces questions sans parvenir à y trouver de réponse, Miranda crut soudain distinguer une statue à travers un buisson qui aurait eu grand besoin d'être taillé.

Se demandant s'il s'agissait d'une nouvelle œuvre d'art, elle contourna le petit bosquet et s'aperçut que, contrairement à ce qu'elle avait cru initialement, la sculpture de marbre ne représentait pas un ange mais une fillette âgée de deux ou trois ans.

Il ne s'agissait pas ici d'une œuvre ancienne mais d'une statue moderne. Une plaque était apposée sur le socle, et Miranda s'agenouilla pour écarter les mauvaises herbes qui la recouvraient.

En voyant ce qui était inscrit là, elle se figea, le cœur battant à tout rompre.

A Rosamund Clemente Allegretti,

Où que tu sois, nous ne t'oublions pas.

La phrase était suivie d'une date de naissance, trente ans auparavant, mais il n'y avait pas de date de décès.

— Rosamund, murmura Miranda.

Etait-ce une cousine de Leandro ? Elle ne se rappelait pas avoir entendu parler d'elle un jour.

Elle distingua alors un bruit de pas derrière elle et se retourna. Elle vit Leandro qui se dirigeait vers elle. Mais, soudain, il aperçut la statue près de laquelle elle se trouvait et se figea. Ses yeux s'agrandirent sous l'effet de la surprise, et son visage devint brusquement livide.

Son regard demeurait rivé sur la sculpture, trahissant un mélange d'incompréhension et de souffrance.

— Qui est-ce ? lui demanda-t-elle enfin.

— Ma sœur, répondit-il d'une voix presque éteinte.

Ce fut au tour de Miranda de le considérer avec stupeur.

— Tu ne m'as jamais dit que tu avais une sœur, s'exclama-t-elle.

Il s'avança, les yeux toujours fixés sur la statue. On aurait dit qu'il venait de voir un fantôme.

— Elle a disparu alors que je n'avais que six ans. Elle en avait trois.

Miranda secoua la tête, incrédule. Comment avait-il pu lui cacher une chose pareille pendant toutes ces années ? Jamais ses frères n'avaient fait la moindre allusion à cette sœur ou à sa disparition. Elle était prête à parier qu'ils seraient aussi surpris qu'elle d'apprendre son existence.

— Pourquoi ne nous l'as-tu jamais dit ? balbutia-t-elle.

Il haussa les épaules.

Miranda se sentait prise d'un léger vertige. Elle avait l'impression que tout ce qu'elle avait cru savoir de Leandro jusqu'à ce jour n'était qu'illusion. Mais un rideau venait de se déchirer dans son esprit, et il lui semblait comprendre bien des choses qui lui avaient échappé jusqu'ici.

— Ce n'est pas quelque chose dont j'aime discuter, reconnut-il. Il est plus facile pour moi de ne rien dire…

Elle percevait distinctement la douleur qui perçait dans sa voix et sentit son cœur se serrer dans sa poitrine.

— Je suis désolée, souffla-t-elle.

— Je n'avais encore jamais vu cette statue, lui dit-il alors. Je ne savais même pas qu'elle existait…

Il continuait à la contempler. Le choc qu'il avait initialement éprouvé en la découvrant s'était mué en une profonde tristesse et en un désarroi qui se reflétait dans son regard sombre.

— Mon père n'a jamais pu accepter sa disparition, reprit-il. Il ne voulait pas qu'on touche à ses affaires, et sa chambre est restée en l'état. Ma mère, elle, avait besoin de tourner la page. C'est pour cela qu'elle a fini par le quitter.

— Je comprends, murmura Miranda.

Les parents de Mark eux aussi avaient gardé sa chambre intacte. Mais ils l'avaient fait d'un commun accord.

Leandro se tourna vers Miranda, et elle frissonna en décelant la lueur de détresse qui brillait dans ses yeux.

— C'est moi qui étais censé la surveiller, lui dit-il. Le jour où elle a disparu, elle se trouvait avec moi…

— Je ne comprends pas, objecta Miranda. Tu viens de me dire que tu n'avais que six ans.

Il hocha la tête.

— Nous étions sur la plage, expliqua-t-il. Ma mère s'était éloignée quelques minutes, le temps d'aller nous chercher des glaces. Lorsqu'elle est revenue, Rosie avait disparu. Je ne l'avais même pas vue ou entendue s'éloigner. Ça s'est passé en une fraction de seconde… Il y avait un monde fou à la plage ce jour-là, et personne n'a rien remarqué…

La douleur qu'éprouvait Leandro était encore si intense que Miranda sentit les larmes lui monter aux yeux.

— Ce n'était pas ta faute, lui dit-elle, consciente de la

vanité de ses paroles. Tu n'étais qu'un enfant. Tes parents n'auraient jamais dû te reprocher ce qui s'est passé.

— Ils ne l'ont pas fait, répondit sombrement Leandro. Pas les premiers temps, en tout cas. Ce n'est que des années plus tard que mon père m'a laissé entendre qu'il me considérait comme responsable…

Les pièces du puzzle commençaient lentement à se mettre en place dans la tête de Miranda. Elle comprenait mieux le tempérament grave et solitaire qui avait toujours caractérisé Leandro. Cela expliquait aussi comment son père en était arrivé à boire et pourquoi il avait laissé sa maison tomber en ruine.

Elle comprenait aussi pourquoi la mère de Leandro était rentrée en Angleterre et pourquoi elle avait refait sa vie sans vraiment lui laisser une place. C'était la raison pour laquelle il venait si régulièrement à Ravensdene durant les vacances scolaires.

— Je suis désolée, répéta-t-elle. C'est horrible…

— Ne pleure pas, lui dit Leandro.

— Je ne peux pas m'en empêcher, avoua-t-elle d'une voix tremblante.

Elle s'essuya les yeux à l'aide de sa manche.

— Est-ce que cette statue lui ressemble ? demanda-t-elle alors.

— Comme deux gouttes d'eau.

Il s'avança pour lire l'inscription.

— Mon père n'a jamais perdu espoir de la retrouver, reprit-il.

Miranda se prit à songer au pull-over de Mark qu'elle avait gardé jusqu'à ce jour. Chaque année, le jour de son anniversaire, elle l'enfilait. Ce rituel dont elle n'avait jamais parlé à personne lui donnait l'impression de conserver un ultime lien avec lui par-delà la mort.

— Chacun de nous a sa façon de vivre son deuil, déclara-t-elle.

— Sans doute…

— Puis-je la voir ?

— Quoi donc ?

— La chambre de ta sœur.

Il lui jeta un regard étonné.

— Si tu ne veux pas, je comprendrais très bien, lui dit-elle.

— Non, fit-il. Ce n'est pas un secret…

Miranda et lui se mirent en marche en direction de la maison. Tous deux gardaient le silence, et Miranda était plongée dans ses pensées. En pénétrant dans la demeure silencieuse, elle ne put réprimer un petit frisson. La désolation des lieux prenait une tout autre signification à ses yeux, à présent.

Ils gagnèrent le premier étage et allèrent jusqu'au bout du couloir dans lequel se trouvaient leurs chambres. Leandro sortit alors un trousseau de clés de sa poche et déverrouilla une porte.

Il ouvrit le battant et s'écarta pour laisser passer Miranda. Elle pénétra dans une magnifique chambre d'enfant emplie de jouets et d'albums illustrés. Il y avait aussi une très jolie maison de poupée, un adorable petit lit à baldaquin qui trônait dans un coin et une jolie petite coiffeuse sur laquelle était posée une brosse à cheveux rose.

Miranda sentit son cœur se serrer dans sa poitrine en apercevant la photographie encadrée qui était accrochée au mur. Elle représentait la petite fille qui avait servi de modèle à la statue du jardin. Brune et bouclée, elle avait de grands yeux noirs qui pétillaient de joie et de malice.

— Elle est tellement mignonne, murmura-t-elle d'une voix enrouée par l'émotion.

— Elle aurait trente ans aujourd'hui, remarqua Leandro. Je me demande à quoi elle ressemblerait.

Il se pencha pour ramasser un petit lapin en peluche qui était tombé du lit et le contempla pensivement.

— C'est moi qui le lui ai offert pour ses trois ans. Je l'avais acheté avec mon argent de poche. Elle l'appelait Floppy.

— Que comptes-tu faire de ses affaires, lorsque tu vendras la maison ? s'enquit Miranda, émue par sa détresse.

— Je n'ai pas encore décidé, avoua-t-il. Je crois que je vais tout donner à une œuvre caritative.

— Tu devrais peut-être garder ses jouets pour les donner à tes enfants, suggéra-t-elle.

— Je ne suis pas sûr que j'en aurai un jour, répondit-il d'un air sombre.

— Tu ne devrais pas dire une chose pareille.

Le regard qu'il lui lança était empli d'un mélange d'autodérision et d'ironie.

— Et toi ? Est-ce que tu envisages de te marier et d'avoir des enfants ?

— Ce n'est pas la même chose, objecta-t-elle.

— Pourquoi pas ?

Elle haussa les épaules.

— J'ai fait une promesse.

— Une promesse insensée, rétorqua-t-il.

— Nous nous aimions.

— Si Mark t'avait vraiment aimée, il ne t'aurait jamais demandé de faire une telle promesse, insista Leandro.

— Il n'a rien exigé de moi, protesta-t-elle

— Il n'a pas eu à le faire. Avant même qu'il ne tombe malade, tu lui étais totalement soumise. Et, lorsque son cancer s'est déclaré, cela n'a fait que renforcer ta dévotion à son égard.

— Ce n'était pas de la dévotion. C'était de l'amour. Mark et moi, nous nous aimions, et je l'aime encore aujourd'hui. Bien sûr, c'est quelque chose que tu ne peux pas saisir. D'après ce que j'ai cru comprendre, tu n'as jamais aimé personne.

— Qu'en sais-tu ?

Miranda haussa les épaules.

— D'après Jake, aucune de tes relations n'a duré plus de quelques mois, répliqua-t-elle.

— Je ne savais pas que tu t'intéressais au sujet, remarqua-t-il d'un ton narquois.

Elle préféra ne pas relever cette provocation.

— Mark et moi nous connaissions depuis des années, reprit-elle. Nous étions amis bien avant de sortir ensemble.

— Cela ne l'a pas empêché de sortir avec d'autres filles avant toi.

— Il lui a juste fallu plus de temps que moi pour s'apercevoir que nous étions faits l'un pour l'autre, répliqua-t-elle sans se démonter. Moi, je l'ai toujours su.

— Il est le seul homme que tu aies connu, n'est-ce pas ?

Miranda se sentit mal à l'aise.

— Je ne vois pas en quoi cela te regarde.

— Je pense juste que si tu en avais connu d'autres avant lui tu ne te serais pas murée dans ce célibat absurde. Il y a d'autres hommes, tu sais…

La façon dont il venait de prononcer ces mots fit naître un frisson qui la parcourut de part en part. Etait-il en train de parler de lui ? Cette idée éveillait en elle un mélange d'appréhension et de trouble.

— Tu ne devrais pas dire ce genre de choses.

— C'est pourtant ce que je crois, insista-t-il en la regardant droit dans les yeux.

Elle frémit de nouveau, croyant percevoir dans son regard une sorte de défi. S'il s'était agi de quelqu'un d'autre, elle aurait certainement pensé qu'il était en train de lui faire une proposition.

Mais c'était absurde. Leandro était un ami de toujours.

Il la connaissait depuis qu'elle était enfant et n'avait jamais fait mine de s'intéresser à elle. S'il lui tenait ce discours, aujourd'hui, c'était uniquement pour la convaincre qu'il était temps de tourner la page.

— Je ferais mieux d'aller nous préparer à manger, déclara-t-elle d'une voix légèrement étranglée.

— Je te l'ai dit : il n'y a quasiment rien dans la cuisine. Je comptais t'inviter au restaurant.

— Je ne suis pas certaine que ce soit une bonne idée, objecta-t-elle.

— Ne t'en fais pas pour les paparazzis. Je connais un endroit où nous serons tranquilles.

— Ce n'est pas uniquement à cause des journalistes, avoua-t-elle.

Il la considéra avec un mélange d'étonnement et de curiosité qui la fit rougir de plus belle.

— Je n'ai pas l'intention de te faire du charme, si c'est ce que tu crains, lui dit-il enfin.

— Je m'en doutais un peu, répondit-elle d'un ton faussement détaché.

— Qu'est-ce que tu veux dire par là ?

— Que je ne suis pas vraiment ton type de femme, rétorqua-t-elle en haussant les épaules.

Il l'observa avec une curiosité non dissimulée.

— On dirait que tu le déplores.

— Pas du tout, lui assura-t-elle un peu trop précipitamment. Nous sommes amis, rien de plus. Et c'est beaucoup mieux comme cela.

L'espace de quelques instants, il parut hésiter. Le cœur battant, elle s'aperçut qu'une partie d'elle-même rêvait de l'entendre protester. Cela n'aurait rien changé, bien sûr. Elle était bien décidée à tenir la promesse qu'elle avait faite à Mark.

Mais force était de reconnaître que l'idée de voir

Leandro la trouver désirable lui paraissait étrangement exaltante.

Au bout de ce qui lui parut être une éternité, il détourna les yeux.

— Je vais appeler le restaurant pour réserver une table, lui dit-il. On se retrouve en bas dans dix minutes.

Sur ce, il se détourna et quitta la chambre de Rosie, la laissant seule avec ses propres pensées.

[illegible]

[illegible]

amis. Jake et Julius ne le lui pardonneraient jamais.

De plus, il se rendait parfaitement compte des dégâts

4.

Leandro avait du mal à comprendre la colère qu'il avait senti monter en lui lorsque Miranda lui avait parlé de Mark. Il n'aurait su dire pourquoi il se sentait aussi furieux à l'idée qu'elle veuille sacrifier sa vie de cette façon. Après tout, cela ne le regardait pas.

Mais c'était plus fort que lui, et ce n'était pas la première fois qu'il ressentait un tel sentiment face à cette situation qu'il jugeait absurde. Déjà, du temps où Miranda et Mark sortaient ensemble, il avait ressenti une certaine rancœur à l'égard du jeune homme. A l'époque, il avait essayé de se convaincre que c'était juste parce qu'il s'inquiétait pour Miranda, mais il se demandait aujourd'hui s'il n'avait pas plutôt succombé à une forme de jalousie.

C'était une pensée assez troublante. Il s'était toujours efforcé de considérer Miranda comme une simple amie mais, bien sûr, il lui avait été impossible de se voiler la face indéfiniment. Il n'aurait su dire quand il avait compris l'ambiguïté de ses sentiments. Cela s'était fait progressivement, sans même qu'il s'en aperçoive.

Malheureusement, cette prise de conscience ne changerait strictement rien à leurs relations. Il ne pouvait se permettre de sortir avec la sœur de ses deux plus proches amis. Jake et Julius ne le lui pardonneraient jamais.

De plus, il se rendait parfaitement compte des dégâts

irréparables que pouvait causer une telle liaison. Il était convaincu depuis longtemps qu'il s'était passé quelque chose entre Jake et Jasmine. Et, depuis lors, eux qui avaient été les meilleurs amis du monde autrefois ne pouvaient même plus s'adresser la parole.

Leandro ne tenait pas à perdre Miranda simplement parce qu'il avait été incapable de résister à l'attirance qu'elle exerçait sur lui.

De toute façon, elle paraissait toujours aussi résolue à demeurer fidèle à Mark. C'était une chose qu'il avait beaucoup de mal à comprendre. A ses yeux, cette décision n'avait rien de romantique. Il la trouvait au contraire morbide et malsaine.

Il en voulait d'ailleurs à Mark d'avoir arraché à Miranda une telle promesse sur son lit de mort. Il aurait dû au contraire l'encourager à aller de l'avant, à vivre pour que le souvenir de leur couple heureux et rayonnant reste intact. S'il l'avait vraiment aimée, il aurait dû la convaincre de profiter de la vie. N'était-ce pas cela l'amour ? Faire passer les intérêts de l'autre avant les siens ?

Bien sûr, Leandro ne pouvait se prévaloir de la moindre expérience en la matière. Ainsi que le lui avait fait remarquer Miranda, ses propres liaisons avaient toujours été aussi brèves que superficielles.

Ce n'était pas par cynisme ou parce qu'il avait peur de s'engager. Il rêvait au contraire de rencontrer un jour quelqu'un qui lui donnerait envie de bâtir une véritable relation. Malheureusement, cela ne s'était jamais produit.

Il était suffisamment lucide pour comprendre que le problème venait probablement de lui. Il n'aurait su dire si c'était à cause du divorce de ses parents ou bien de la plaie béante qu'avait ouverte en lui la disparition de sa sœur, mais il avait fini par se résoudre à demeurer célibataire.

Il ne connaîtrait sans doute jamais le bonheur qui se lisait dans les yeux de Julius, ces derniers temps, mais il éviterait aussi les déceptions et les désenchantements qui suivaient bien souvent ce genre d'idylles. Et il s'efforçait généralement de se convaincre que ce n'était pas si mal…

Tandis que Leandro et elle se dirigeaient vers le restaurant qui se trouvait à quelques rues de la maison, Miranda se répétait que le trouble qu'elle éprouvait n'avait pas lieu d'être. Cette soirée n'était pas un rendez-vous amoureux. Ce n'était ni la première ni la dernière fois qu'elle allait dîner avec un ami. C'était précisément ce qu'était Leandro. Un simple ami. Rien de plus et rien de moins…

Malheureusement, en dépit de ces exhortations, elle ne parvenait pas réellement à se convaincre du caractère parfaitement innocent de leur relation. La conversation qu'ils avaient eue dans la chambre de Rosie l'avait troublée bien plus qu'elle n'aurait voulu se l'avouer.

Depuis la mort de Mark, elle ne s'était jamais sentie aussi déstabilisée. Un certain nombre d'hommes avaient tenté de la séduire, bien sûr, mais elle n'avait jamais eu de mal à repousser leurs avances. Elle n'avait jamais regretté de l'avoir fait puisqu'elle n'était jamais tombée sous leur charme.

Pourtant, avec Leandro, les choses étaient très différentes. Tout d'abord, ils se connaissaient depuis toujours. Ils avaient été amis pendant des années sans que la moindre ambiguïté ne vienne entacher leurs rapports. Elle avait trop peur de le perdre pour tenter quoi que ce soit avec lui.

De plus, avant même qu'elle ne sorte avec Mark, Leandro avait été le premier garçon sur lequel elle avait craqué. Il était demeuré à ses yeux une forme d'idéal masculin d'autant plus rassurant qu'il demeurait parfaitement inaccessible.

Jamais, jusqu'à ce jour, elle n'aurait pu imaginer qu'il puisse s'intéresser à elle. Elle pensait être quelqu'un de beaucoup trop ordinaire pour cela. Mais, depuis qu'ils s'étaient croisés par hasard à Londres, leurs relations avaient brusquement changé.

Rien ne l'avait vraiment préparée à cela. Lorsque Jasmine lui avait laissé entendre que les intentions de Leandro n'étaient peut-être pas si innocentes que cela, Miranda s'était convaincue que son amie se moquait gentiment d'elle. Mais à présent toutes ses certitudes avaient volé en éclats. N'était-il pas temps pour elle d'ouvrir enfin les yeux ?

— Est-ce que tu préfères dîner dedans ou dehors ? lui demanda soudain Leandro.

Brusquement tirée de ses réflexions, elle constata qu'ils venaient d'arriver devant le restaurant qu'il avait choisi. C'était un établissement charmant et coquet, l'endroit idéal pour un dîner en amoureux, ne put-elle s'empêcher de penser.

— Dedans, répondit-elle à contrecœur.

En réalité, elle aurait préféré s'installer en terrasse pour profiter de la douceur de cette soirée, mais elle craignait toujours qu'un paparazzi ne les surprenne. La situation était déjà bien assez compliquée sans qu'elle y ajoute les spéculations de la presse à scandale.

Un serveur les entraîna jusqu'à une table située dans un endroit tranquille, un peu à l'écart des autres clients. Ils choisirent la fricassée de volaille aux champignons, et Leandro commanda deux verres de vin blanc.

Constatant qu'il touchait à peine au sien, Miranda se demanda si la retenue dont il faisait toujours preuve en matière d'alcool tenait à ce qui était arrivé à son père.

Mais peut-être désirait-il juste éviter tout ce qui pourrait lui faire perdre le self-control dont il ne semblait jamais se départir.

— Dis-moi, lui demanda-t-elle, si je n'avais pas découvert cette statue dans le jardin, m'aurais-tu parlé de ta sœur ?

— J'avais l'intention de le faire.

— Je regrette que tu ne l'aies pas fait plus tôt.

— Pourquoi ?

— Parce que cela m'aurait permis de comprendre bien des choses à ton sujet, répondit-elle.

Il fronça légèrement les sourcils.

— Les gens ne s'expliquent pas uniquement par ce qui leur est arrivé. Le plus important, c'est ce qu'ils ont choisi de faire de cette expérience.

— Tu penses à Mark et moi, en disant cela ?

— Entre autre, acquiesça-t-il. Mais, à ce propos, je te dois des excuses. Je n'aurais pas dû m'exprimer comme je l'ai fait, tout à l'heure.

— Tu n'es pas le premier à le faire, indiqua-t-elle d'un ton faussement léger. Mes frères et Jasmine ne se sont pas gênés pour me dire la même chose. Même mes parents m'ont tenu ce genre de discours.

— C'est parce qu'ils espèrent tous te voir heureuse.

— Je sais, soupira-t-elle. Mais je ne cesse de leur répéter que je ne suis pas malheureuse.

— Ce n'est pas la même chose, objecta Leandro.

Elle lui décocha un pâle sourire.

— Tu as raison. Ce n'est pas tout à fait pareil.

Un long silence s'ensuivit avant que Leandro ne reprenne la parole.

— Est-ce que tu revois toujours les parents de Mark ?

— Bien sûr. Nous sommes restés très proches au fil des années. Ce n'est pas uniquement à cause de Mark, d'ailleurs. Ils ont toujours été très importants dans ma vie, peut-être parce que mes propres parents n'étaient pas toujours là quand j'avais besoin d'eux.

— Je comprends ça, acquiesça-t-il avec un sourire mélancolique. Dans mon cas, c'est ta famille qui a joué ce rôle.

— Est-ce que tu t'es rapproché de ta mère, depuis ?

— Un peu. Nous nous voyons de temps à autre…

— Quand était-ce, la dernière fois ?

— Il y a deux mois de cela. Je suis allé la voir à l'occasion de l'anniversaire d'un de mes demi-frères.

— Et comment cela s'est-il passé ?

— Pas trop mal, j'imagine, répondit-il sans grande conviction.

— Et tes frères ? lui demanda-t-elle. Comment t'entends-tu avec eux ?

— Bien, lui dit-il d'un ton plus assuré. Nous ne sommes pas très proches, mais nous avons plaisir à nous voir. D'ailleurs, c'est Cameron qui m'a invité à son anniversaire.

— Quel âge a-t-il ?

— Vingt-huit ans. C'est l'aîné. Ensuite, il y a Alistair qui a vingt-sept ans puis Hugh qui en a vingt-six.

— Je ne savais pas qu'ils étaient si rapprochés en âge.

— Lorsqu'elle s'est remariée, ma mère savait qu'elle n'aurait pas beaucoup de temps avant de ne plus pouvoir avoir d'enfants.

Il hésita un instant avant de poursuivre.

— Je crois qu'elle espérait secrètement avoir une fille, avoua-t-il. Ç'aurait été une façon pour elle de compenser la perte de ma sœur.

— Je ne pense pas qu'on puisse remplacer un enfant par un autre, objecta Miranda.

— C'est pourtant ce qui s'est passé avec mes frères.

Il n'y avait aucune haine dans sa voix, juste de la

résignation. Miranda ne put réprimer l'élan de tendresse qui monta en elle.

— Je suis désolée, lui dit-elle.

— Ne t'en fais pas pour moi, éluda-t-il. Je suis un grand garçon. Et puis, j'avais ta famille.

— Ce n'est pas pareil.

— Peut-être, mais je ne regrette rien. Je me sentais vraiment bien à Ravensdene. J'ai passé là-bas des moments merveilleux. Tes frères et moi étions très proches, ça m'a beaucoup aidé.

— Pourtant, tu ne leur as jamais parlé de Rosie, remarqua-t-elle.

— J'ai failli le faire à plusieurs reprises, mais je crois que je voulais essayer de tourner la page. J'étais parvenu à me focaliser uniquement sur ma nouvelle vie et à ne plus penser à ce qui s'était passé en France. Cela me réussissait plutôt bien… Sauf quand mon père venait me rendre visite à Londres, évidemment…

— Il buvait vraiment beaucoup ?

— C'est un euphémisme, répondit tristement Leandro. Il se servait de l'alcool pour anesthésier sa souffrance. Mais plus il buvait, plus il perdait pied. C'était une spirale infernale, et chaque fois que je le revoyais il s'était enfoncé encore un peu plus dans l'abîme de cette maladie…

— N'a-t-il jamais essayé de faire une cure de désintoxication ?

— Je le lui ai suggéré à plusieurs reprises. J'étais même prêt à financer son traitement, mais il ne voulait pas en entendre parler. Il prétendait être parfaitement capable de se contrôler. Après tout, c'était peut-être vrai, la plupart du temps…

Leandro secoua doucement la tête.

— J'en suis venu à me dire qu'au fond il cherchait surtout à en finir.

Miranda lui saisit doucement la main et la serra dans la sienne. Ce geste inattendu le prit visiblement par surprise, mais il ne chercha pas à retirer ses doigts.

— Ça a dû être terrible, murmura-t-elle. Mais ce n'est pas ta faute, tu sais. On ne peut pas forcer quelqu'un à se soigner contre son gré. Consciemment ou non, ton père a choisi de se laisser sombrer. Tu n'aurais rien pu faire contre cela…

— Je sais, répliqua-t-il amèrement. Mais je sais aussi que tout cela ne se serait jamais produit si Rosie n'avait pas disparu.

Miranda secoua la tête.

— Tu l'as dit toi-même : ce qui compte, ce n'est pas ce qui nous arrive mais ce que l'on en fait. Ta mère a réagi de façon très différente. Et toi non plus, tu n'as pas sombré dans l'alcool…

Leandro la considéra longuement avant de hocher la tête.

— Merci, Miranda, lui dit-il gravement.

— Il n'y a pas de quoi, répondit-elle en relâchant sa main.

Ils furent interrompus par le serveur qui leur apportait leurs plats. Tous deux commencèrent à manger avec appétit et, pendant quelques instants, ils demeurèrent silencieux. Miranda se prit à songer qu'elle se sentait beaucoup moins mal à l'aise en sa compagnie qu'elle ne l'avait initialement redouté.

— Parle-moi un peu de ton travail, lui dit-elle au bout d'un moment. Comment décide-t-on de devenir contrôleur de gestion ?

Leandro se fendit d'un sourire.

— Je sais que la plupart des gens pensent qu'il s'agit d'un métier terriblement ennuyeux, mais en réalité c'est passionnant. Cela s'apparente beaucoup à une enquête policière. Et, à vrai dire, j'ai régulièrement collaboré avec les autorités pour mettre à jour des réseaux de blanchiment ou de fraude fiscale.

— Julius m'a dit que tu avais choisi cette spécialité parce que tu étais un grand admirateur d'Eliot Ness.

— C'est vrai, reconnut Leandro en riant. J'ai toujours été passionné par l'histoire des Incorruptibles et la façon dont ils sont parvenus à coincer Al Capone alors que personne d'autre n'y était arrivé avant.

— En tout cas, cette carrière a l'air de te réussir plutôt bien, remarqua Miranda.

— Je n'ai pas à me plaindre, confirma Leandro.

Elle savait qu'il faisait preuve de modestie. D'après ce qu'avait laissé entendre Julius, Leandro était un homme très fortuné. Pourtant, il détestait le luxe et l'ostentation, préférant continuer à mener une vie relativement simple, sans fioritures. En revanche, il soutenait nombre d'associations humanitaires et avait créé une banque qui offrait des microcrédits un peu partout à travers le monde.

— Julius m'a dit que c'était toi qui avais réussi à faire arrêter le beau-père de Holly, poursuivit-elle.

Leandro hocha la tête.

— Ce type était mouillé dans un grand nombre d'affaires peu recommandables, expliqua-t-il. Je me suis contenté de transmettre le dossier au fisc et à la police. En creusant un peu plus, ils se sont aperçus que l'argent provenait du trafic de drogue.

— Au moins, il ne risque plus d'importuner Holly.

— C'était le but, acquiesça Leandro.

Ils continuèrent à deviser de choses et d'autres, et Miranda ne tarda pas à se détendre. Ce repas se révélait beaucoup plus plaisant qu'elle ne l'avait craint. Lorsqu'ils quittèrent enfin le restaurant, elle se prit à penser que son séjour en compagnie de Leandro leur permettrait peut-être de développer une amitié dénuée de toute ambiguïté.

Alors même qu'elle se faisait cette remarque, elle vit venir vers eux une jeune femme aux longs cheveux noirs vêtue d'une robe très sexy qui mettait parfaitement en valeur ses longues jambes et son décolleté généreux. Elle devait avoir une trentaine d'années et était absolument ravissante.

— Leandro ! s'écria-t-elle avec enthousiasme. Il me semblait bien que c'était toi !

Elle se pencha pour lui faire la bise.

— Cela fait longtemps que tu n'as pas donné de tes nouvelles, remarqua-t-elle avec une moue légèrement boudeuse. Qu'est-ce que tu fais ici ?

— Je suis venu régler des affaires de famille, répondit-il évasivement. Et toi ?

— Je dois assister au mariage d'un ami.

La belle brune jeta alors un regard interrogatif en direction de Miranda.

— Je te présente Miranda Ravensdale, déclara Leandro. Miranda, voici Nicole Holmes. Nous travaillions pour la même société avant que je ne décide de me mettre à mon compte.

— Enchantée, murmura Miranda.

— Ravensdale ? s'exclama Nicole. Vous ne seriez pas la fille de cet acteur, par hasard ?

— Richard Ravensdale, acquiesça Miranda. J'ai bien peur que si.

Nicole la considéra d'un œil plus attentif.

— J'ai suivi cette incroyable histoire, dans les journaux. Est-ce que vous avez enfin fait la connaissance de votre demi-sœur ?

— Pas encore, lâcha Miranda.

Les premiers temps, elle avait été très étonnée que

des personnes qu'elle ne connaissait absolument pas puissent lui poser des questions aussi personnelles.

Mais elle avait rapidement compris que la plupart des gens considéraient que tout ce qui était publié dans la presse pouvait être commenté librement, sans se soucier de ce que pouvaient bien ressentir les personnes concernées.

Nicole observa tour à tour Leandro et Miranda.

— Est-ce que vous êtes ensemble ? demanda-t-elle alors.

— Non, expliqua Leandro. Nous sommes juste de vieux amis.

Miranda se garda de tout commentaire. De toute évidence, il s'était passé quelque chose entre Nicole et Leandro. La précipitation avec laquelle il venait de répondre à la question de la jeune femme paraissait indiquer que cette histoire n'était peut-être pas complètement terminée.

L'idée qu'il puisse l'inviter chez son père éveilla en elle un certain malaise. Ce n'était pas de la jalousie, bien sûr, mais elle espérait que Leandro saurait montrer plus de considération que cela à son égard.

— Vous êtes venue aider Leandro ? s'enquit Nicole, curieuse.

— Oui.

Nicole se tourna de nouveau vers Leandro et lui adressa un regard enflammé.

— Je devrais rester à Nice encore un jour ou deux, lui dit-elle. Si tu as un peu de temps, n'hésite pas à m'appeler pour que nous allions boire un verre…

Miranda soupira intérieurement.

— Je le ferai demain, affirma alors Leandro. Où es-tu descendue ?

— Au Negresco.

Elle lui décocha son sourire le plus séducteur avant de se détourner.

— A demain, s'exclama-t-elle joyeusement.

Miranda attendit qu'elle ait rejoint son groupe d'amis pour secouer la tête d'un air réprobateur.

— Je ne comprendrai jamais les hommes, déclara-t-elle.

Leandro la considéra avec une pointe d'étonnement.

— Si je n'avais pas été là, elle se serait probablement jetée sur toi, ajouta Miranda.

— Ne me dis pas que tu es jalouse, lui dit-il d'une voix légèrement moqueuse.

— Ne sois pas ridicule, protesta-t-elle un peu trop vivement. Je me moque de savoir avec qui tu sors.

— Je ne comptais pas l'inviter à la maison, tu sais.

— Tu préfères sans doute la retrouver à son hôtel…

Un sourire amusé se dessina sur les lèvres de Leandro.

— Est-ce que tu fais ce genre de remontrances à Jake ? lui demanda-t-il.

— J'ai fini par renoncer, avoua-t-elle. Il est bien trop incorrigible.

— Contrairement à moi ?

Elle rougit, comprenant qu'il était en train de se moquer d'elle.

— Je ne te connais plus assez pour en juger, rétorqua-t-elle.

— Mais assez, en tout cas, pour désapprouver mes fréquentations.

— Alors vous êtes vraiment sortis ensemble ?

Leandro hocha la tête, et elle sentit son cœur se serrer dans sa poitrine. Nicole était précisément le genre de femme avec qui elle l'imaginait sortir : grande, belle, avec ce mélange désarmant de naturel et de classe qui devait la rendre absolument irrésistible aux yeux de tous les hommes.

— Nous ne sortons plus ensemble, tu sais, lui répondit alors Leandro qui avait dû voir son visage se décomposer.

— Cela ne me regarde pas.

— Ce n'est pas l'impression que cela donne, objecta-t-il malicieusement.

— Eh bien, tu te trompes, décréta-t-elle.

— Tu n'es vraiment pas jalouse ?

— Non.

— Même pas un tout petit peu ?

— Je ne te vois pas de cette façon, balbutia Miranda qui se sentait de plus en plus mal à l'aise.

Elle avait parfaitement conscience de s'être fait prendre en flagrant délit de contradiction.

— Et comment me vois-tu ? insista-t-il impitoyablement.

— Comme un frère, marmonna-t-elle pour essayer de se tirer de cette situation.

— Je n'en crois pas un mot, déclara-t-il en faisant un pas vers elle.

Miranda avala difficilement sa salive. Son cœur battait la chamade, et son corps tout entier était parcouru de frissons irrépressibles. Que lui arrivait-il donc ? Pourquoi était-elle incapable de contrôler le désir que lui inspirait Leandro ? Ne venait-elle pas lui dire qu'elle le considérait comme un frère ?

— En tout cas, poursuivit-il d'une voix légèrement rauque, les sentiments que j'éprouve à ton égard n'ont vraiment rien de fraternel.

Elle comprit alors qu'il était sur le point de l'embrasser. Elle aurait eu tout le temps de s'écarter. Elle aurait pu protester ou le repousser.

Mais la tentation qui l'habitait en cet instant était bien trop grande. La jalousie que lui avait inspirée Nicole se mêlait au désir et à la curiosité qu'elle ressentait, formant un cocktail explosif face auquel elle était totalement démunie.

Les lèvres de Leandro effleurèrent les siennes, aussi douces qu'une caresse de papillon. Ce seul contact suffit à éveiller en elle un violent tressaillement. Il se propagea au plus profond de son être, se diffusant dans chacun de ses membres.

Alors que Leandro était sur le point de s'écarter, un petit gémissement de plaisir mêlé de frustration lui échappa. L'idée qu'ils puissent en rester là lui était insupportable. Elle en voulait plus. Beaucoup plus.

Encouragé par cette réaction, il l'embrassa de nouveau. Il n'y avait plus aucune hésitation, cette fois-ci. Les mains de Leandro se posèrent de chaque côté du visage de Miranda, et leurs langues s'entremêlèrent, décuplant le désir qu'elle éprouvait pour lui en cet instant.

Elle ne put s'empêcher de répondre à cette sollicitation. C'était la première fois depuis des années qu'elle embrassait quelqu'un, et elle fut presque stupéfaite de s'apercevoir qu'elle n'avait pas oublié la façon dont on était censé s'y prendre.

Elle était plus surprise encore par la violence avec laquelle son corps réagissait. Elle avait l'impression de se consumer de l'intérieur. Son sang paraissait s'être changé en lave et embrasait les recoins les plus secrets de son être.

Il ne lui semblait jamais avoir ressenti une telle urgence, un tel besoin. Etait-ce parce qu'elle s'était refusée durant si longtemps ? Parce que les émois de l'âge adulte étaient plus intenses que ceux de l'adolescence ? Ou parce que le désir qu'elle ressentait pour Leandro était plus vif que celui que lui avait inspiré Mark autrefois ?

Une chose était certaine : s'il avait voulu lui prouver à quel point elle se mentait en prétendant éprouver des sentiments fraternels à son égard, il y était parvenu.

Leur baiser n'avait rien de chaste. C'était un tourbillon dévorant, un maelström de sensations qui déferlaient en elle, emportant tout sur leur passage.

Elle n'était que désir et, en cet instant, elle se serait donnée à lui sans la moindre hésitation, sans le moindre regret, sans la moindre pudeur. Elle voulait le sentir pénétrer en elle, l'emporter plus loin encore, jusqu'à ce que toute pensée disparaisse dans un flot de pur plaisir.

Mais, au lieu de presser son avantage, Leandro recula soudain, s'arrachant à elle de façon aussi inattendue que brutale. Miranda tituba légèrement sur place, s'efforçant de recouvrer un semblant de self-control.

Elle avait l'impression d'être en état de choc. En l'espace de quelques instants, toutes ses certitudes avaient volé en éclats. Pour la première fois de sa vie, elle venait de rompre la promesse la plus sacrée qu'elle ait jamais faite, et son corps exultait sous l'effet d'une joie qui ne pouvait effacer complètement sa culpabilité.

Que lui arrivait-il donc ? Comment avait-elle pu se laisser emporter de cette façon ? Comment avait-elle pu oublier Mark ? Le remords commençait déjà à s'emparer d'elle.

Elle recula d'un pas puis d'un autre encore.

— Tu es content ? lança-t-elle d'une voix tremblante. Tu t'es prouvé ce que tu voulais ?

Alors même qu'elle prononçait ces mots, elle sentit sa culpabilité redoubler. Contrairement à ce qu'elle lui laissait entendre, elle savait pertinemment qu'elle avait sa part de responsabilité dans ce qui venait de se passer. Elle n'avait pas été une simple victime mais bien la complice de cette brève étreinte. Il n'était pas juste de rejeter la faute sur Leandro.

— Je suis désolée, soupira-t-elle.

Il secoua la tête, et ce n'est qu'alors qu'elle remarqua à quel point il paraissait secoué, lui aussi.

— C'est ma faute, protesta-t-il. Je n'aurais jamais dû faire une chose pareille…

Le trouble qu'éprouvait Miranda reflua légèrement, laissant place à une pointe d'étonnement. Si sa propre réaction lui paraissait relativement naturelle, elle ne s'expliquait pas en revanche l'évident désarroi de Leandro.

— Est-ce que c'était si terrible que cela ? lui demanda-t-elle d'une voix pleine d'autodérision.

— Bien sûr que non, lui assura-t-il. Comment peux-tu penser une chose pareille ?

Elle haussa les épaules.

— Je n'ai embrassé qu'une seule personne avant toi, expliqua-t-elle. Et c'était il y a longtemps…

— Ça ne te manque pas ?

— Les baisers ?

— Tout, répondit-il. Les baisers, le sexe, la complicité…

Miranda avala difficilement sa salive.

— C'est un choix que j'ai fait, affirma-t-elle d'une voix bien plus assurée qu'elle ne l'était en cet instant. Ce n'est pas toujours facile, mais je l'assume.

— Je comprends, soupira Leandro. Et je regrette d'autant plus de m'être conduit de cette façon.

— Cela ne fait rien, déclara-t-elle presque à contrecœur. Faisons comme si rien ne s'était passé, d'accord ?

Leandro acquiesça. Mais, tandis qu'ils se remettaient en route, Miranda se demanda si elle serait réellement capable de faire comme si ce baiser n'avait pas existé, comme si elle n'avait pas pris soudain conscience de l'intensité du désir qu'il lui inspirait.

5.

Cela faisait maintenant plus de deux heures qu'ils étaient rentrés chez son père, et Miranda avait préféré aller se coucher directement. Sachant qu'il serait parfaitement vain de chercher le sommeil, Leandro s'était installé devant son ordinateur pour travailler.

Hélas, il était incapable de se concentrer. Son esprit ne cessait de s'égarer pour en revenir inévitablement à ce qui s'était passé entre eux ce soir-là. Il ne comprenait toujours pas vraiment pourquoi il avait embrassé Miranda.

En l'invitant au restaurant, il était pourtant bien décidé à garder ses distances. Mais l'intervention de Nicole et la jalousie qu'il avait cru percevoir chez Miranda avaient eu raison de ses bonnes résolutions.

Avait-il cherché à lui prouver quelque chose ? Ou avait-il juste cédé à la tentation ? Dans un cas comme dans l'autre, son attitude était inacceptable.

Renonçant à poursuivre son travail, il ferma le document qu'il était censé relire et prit le verre de whisky qu'il s'était servi avant de se diriger vers la fenêtre du bureau. Les yeux fixés sur le jardin nimbé de ténèbres, il avala une gorgée du liquide ambré.

Il ne pouvait distinguer la statue de Rosie parmi les formes sombres des bosquets, mais il savait qu'elle se trouvait là, quelque part. Cette présence fantomatique était pour lui une véritable accusation silencieuse, un douloureux rappel de la faute irréparable qu'il avait commise, comme si la statue de pierre figeait pour toujours sa terrible erreur du passé.

Il se demanda si la culpabilité qu'il éprouvait pourrait un jour se résorber. Probablement pas, en vint-il par conclure avec fatalisme.

Il redoutait l'épreuve qui l'attendait. Vider la chambre de Rosie lui faisait l'effet d'un véritable sacrilège, et l'idée de donner les affaires de sa sœur à des inconnus qui finiraient probablement par les jeter le rendait malade.

Pourtant, il ne pouvait les garder indéfiniment. N'était-ce pas ce qui avait au bout du compte causé la perte de son père ? Incapable de tourner la page, Vittorio Allegretti avait irrémédiablement sombré.

Réprimant un soupir, Leandro vida son verre de whisky et alla le reposer sur le bureau avant de quitter la pièce. Il se dirigea vers la chambre de Rosie dont il ouvrit la porte avant de s'immobiliser sur le seuil.

Durant les deux années qui s'étaient écoulées entre la disparition de sa sœur et la séparation de ses parents, il était venu là tous les soirs, espérant sans trop y croire qu'un jour il aurait la surprise de trouver Rosie allongée dans son lit, comme si de rien n'était.

Il se rappelait encore précisément ce qu'il avait ressenti le soir où il était venu là, à la veille de son départ pour l'Angleterre, lorsqu'il avait enfin compris qu'il ne reverrait probablement plus jamais sa petite sœur. Jusqu'à cet instant, il était parvenu à conserver un semblant d'espoir. Mais ce soir-là quelque chose était définitivement mort en lui.

Leandro s'avança jusqu'au lit de sa sœur et se pencha pour redresser Floppy qui s'était affaissé entre l'éléphant rose et l'ours en peluche. Lorsqu'il se retourna, il sursauta violemment en voyant une silhouette qui se découpait dans l'embrasure de la porte.

Miranda était là, vêtue d'une simple chemise de nuit.

— Tu es encore debout ? s'étonna-t-il.

— Je n'arrivais pas à dormir. Je suis descendue chercher un verre d'eau et j'ai cru entendre un bruit.

— J'espère que je ne t'ai pas fait peur.

— Juste un peu, répondit-elle.

Leandro s'efforça de ne pas se laisser distraire par l'apparence de Miranda. Il ne pouvait cependant s'empêcher d'admirer le galbe parfait de ses jambes dénudées ainsi que le léger décolleté de sa chemise de nuit qui laissait entrevoir la naissance de sa poitrine.

Il émanait d'elle un mélange explosif de chaleur et de sensualité dont elle ne paraissait pas prendre conscience, sans parler de l'odeur affolante de son corps qui réveillait sur la langue de Leandro le goût divin de sa chair.

Malgré lui, il sentit renaître l'envie impérieuse qu'il avait éprouvée lorsqu'ils s'étaient embrassés. Il se demanda si elle aussi avait perçu cette irrépressible bouffée de désir, ce désir viscéral qu'il avait ressenti pour elle.

— Que dirais-tu d'un verre de lait ? suggéra-t-il. Il paraît que cela aide à dormir.

Elle s'écarta pour le laisser sortir, et il referma la porte derrière lui.

— Je ne bois presque jamais de lait, répondit-elle.

— Une tisane, alors ? proposa-t-il.

Elle secoua la tête, et il sentit distinctement son parfum qui se mêlait à l'odeur plus intime de son corps.

— Je vais retourner me coucher, lui dit-elle. Je ne voulais pas te déranger.

— Tu ne me déranges pas, lui assura Leandro. Je réfléchissais juste à ce que tu m'as dit au sujet des affaires de Rosie…

— Ce doit être terrible pour toi de revenir ici, murmura Miranda d'une voix que l'émotion rendait légèrement tremblante. En tout cas, je comprends mieux pourquoi tu voulais te débarrasser de la maison et de tout ce qui s'y trouve.

La façon dont elle avait prononcé ces mots laissait entendre qu'elle n'approuvait pas pour autant sa décision.

— Que ferais-tu, à ma place ? lui demanda-t-il.

— Je l'ignore, avoua-t-elle en secouant doucement la tête. C'est quelque chose de tellement personnel… En ce qui me concerne, j'ai coupé la poire en deux.

— C'est-à-dire ?

— J'ai gardé quelques affaires de Mark auxquelles je tenais et je me suis débarrassée des autres.

Leandro se mordilla la lèvre inférieure. Une fois de plus, le souvenir de Mark élevait entre eux une barrière infranchissable. Il ne pouvait s'empêcher de jalouser celui qui avait su inspirer à Miranda des sentiments si intenses qu'ils perduraient par-delà la mort.

Alors même qu'il se faisait cette réflexion, il fronça les sourcils, étonné d'avoir une telle pensée.

Jamais encore il n'avait eu ce genre d'ambition. Les sentiments qu'il cherchait à inspirer aux femmes avec lesquelles il sortait se limitaient généralement au désir et à de la sympathie. C'était tout ce qu'il était prêt à offrir, et il n'en exigeait donc pas plus de ses partenaires.

Mais Miranda était différente. Elle ne se contenterait certainement pas d'une liaison sans lendemain. Cela faisait bien trop longtemps qu'elle demeurait fidèle à la promesse absurde qu'elle avait faite à Mark. Si elle devait vraiment la rompre, ce serait pour quelque chose de sérieux.

Etait-il prêt à le lui offrir ? Etait-il prêt à s'engager réellement ?

— Leandro ? l'interpella-t-elle, probablement surprise par son soudain mutisme. A quoi penses-tu ?

— A notre baiser, répondit-il.

Il faisait trop sombre pour voir si elle avait rougi, mais il était prêt à parier que tel était le cas.

— Tu ne devrais pas, lui dit-elle.

— Pourquoi donc ?

— Parce que ce n'est pas bien.

— Je ne suis pas d'accord, ne put-il s'empêcher de rétorquer. Moi j'ai trouvé ça très bien…

— Ce n'est pas ce que je voulais dire, et tu le sais.

— Très franchement, soupira-t-il, je ne sais pas ce que tu veux dire. Qu'y a-t-il de mal, dans ce que nous avons fait ? Tu n'es pas mariée, que je sache. Tu n'as pas de petit ami.

— Ce n'est pas une raison pour m'abandonner à la moindre de mes envies, objecta-t-elle.

— Est-ce que ce genre de tentation t'arrive régulièrement ?

— Bien sûr que non !

— Alors il ne s'agit pas de succomber à la première tentation venue, insista-t-il.

Tandis qu'il argumentait de la sorte, il se demanda s'il n'aurait pas mieux fait de profiter des tergiversations de Miranda pour reprendre de la distance. Après tout, il ne se sentait pas prêt à s'engager dans une relation au long cours. Il avait l'esprit bien trop occupé en ce moment, entre le souvenir de sa sœur qui le hantait et celui de son père dont il souhaitait s'éloigner le plus possible.

— Tu n'es pas obligée de censurer la moindre de tes envies, la moindre de tes émotions, poursuivit-il pourtant. Tu mérites d'être heureuse, Miranda.

— Tu ne sais pas ce que je peux ressentir, protesta-t-elle un peu trop vivement.

— Je crois que si, au contraire. Il me semble d'ailleurs te l'avoir prouvé de façon éloquente, tout à l'heure.

— Pourquoi est-ce que tu t'entêtes à me tourmenter de cette façon ?

— Parce que je suis convaincu que tu te mens. Tu as autant envie de moi que moi de toi. Simplement, tu n'oses pas franchir le cap. Alors, tu te réfugies derrière cette promesse insensée. De cette façon, tu n'as pas à assumer tes propres désirs…

Miranda croisa les bras sur sa poitrine, comme si elle souhaitait se protéger.

— Est-ce que c'est Julius qui t'a demandé de faire ça ?

— De faire quoi ?

— De me faire la leçon au sujet de cette promesse. Il dit exactement la même chose : que je ne devrais pas me sentir liée par ce serment, qu'à ma place Mark aurait tourné la page depuis longtemps…

— Cela prouve juste que Julius et moi sommes sur la même longueur d'onde, rétorqua Leandro. Mais je t'assure que ton frère ne m'aurait certainement pas demandé de t'embrasser et d'essayer de te convaincre de coucher avec moi.

— Alors comment expliques-tu ce brusque revirement ?

— Quel revirement ?

— Pendant des années, tu m'as à peine regardée. Et voilà que tout à coup tu as très envie de m'embrasser…

— Si tu crois que je t'ai ignorée pendant tout ce temps, tu te trompes lourdement, lui répondit-il d'une voix très grave.

Certes, il n'avait pris conscience que récemment de l'attirance qu'elle exerçait sur lui. Mais cela ne l'avait pas pour autant empêché de remarquer que l'enfant charmante qu'il avait connue autrefois s'était progressivement transformée en une jeune femme très séduisante.

Rétrospectivement, il se demandait même si ce n'était pas justement cette prise de conscience qui l'avait conduit à mettre de la distance entre eux. Il avait cherché à les protéger l'un et l'autre de cette alchimie qu'il avait dû percevoir confusément et que leur baiser avait confirmé de façon éclatante.

— Ne me regarde pas de cette façon, murmura alors Miranda. Ça rend les choses beaucoup plus difficiles pour moi.

— Si tu veux continuer à te mentir de cette façon, ne compte pas sur moi pour te faciliter les choses.

— Je ne me mens pas, répliqua-t-elle avec une pointe de colère dans la voix. Et je trouve vraiment très présomptueux ta façon de prétendre tout savoir de moi. Alors, au risque de te décevoir, je vais te laisser. Je te souhaite une bonne nuit, Leandro. J'espère vraiment qu'elle te portera conseil.

Sur ce, Miranda se détourna brusquement et, très digne, se dirigea vers sa chambre. Lorsque sa porte se referma derrière elle, Leandro se demanda s'il devait se sentir agacé ou soulagé par la façon dont elle venait de l'éconduire sans ménagement.

Dès qu'elle se réveilla, ce matin-là, Miranda gagna la salle qui abritait la collection de Vittorio. Là, elle commença par prendre des photos de chacune des toiles. Elle les répartit ensuite en trois groupes : celles qui pourraient directement être mises en vente, celles qui devraient d'abord être rénovées et enfin celles qui devraient être emballées puis expédiées en Angleterre pour de plus amples analyses.

Elle contacta ses associés pour les informer du travail qui les attendait au cours des semaines à venir puis elle appela le laboratoire avec lequel elle avait coutume de travailler pour commencer à réserver des créneaux horaires.

Cette activité avait au moins le mérite de distraire son esprit des doutes et des questions qui continuaient à la tourmenter. Elle ne cessait de s'interroger au sujet du baiser qu'ils avaient échangé la veille. Elle ne parvenait toujours pas à comprendre comment elle avait pu réagir de façon aussi intense. Elle qui avait été si fidèle au souvenir de Mark pendant toutes ces années avait fait voler en éclats tous ses principes en l'espace de quelques secondes.

Mais ce qui l'intriguait plus encore, c'étaient les raisons pour lesquelles Leandro avait pris l'initiative de ce baiser. Avait-il seulement voulu lui prouver quelque chose ? Avait-il cherché à la convaincre de renoncer à son célibat volontaire ?

Ou bien avait-il lui-même cédé à la tentation ?

Cette dernière hypothèse paraissait peu probable. D'une part, c'était la première fois qu'il témoignait d'une quelconque attirance à son égard. D'autre part, il avait accepté quelques instants plus tôt en sa présence le rendez-vous galant que lui avait proposé Nicole.

Rien ne lui permettait d'ailleurs d'affirmer qu'il ne se trouvait pas auprès d'elle, en cet instant même. Après tout, il n'avait pas donné de signe de vie de toute la matinée. L'idée qu'il puisse être en train de faire l'amour avec Nicole la rendait malade.

Elle avait pourtant conscience de l'aspect contradictoire de cette réaction : elle ne pouvait pas à la fois se refuser à lui et espérer qu'il n'irait pas voir ailleurs. Mais elle finit par comprendre que ce qui la peinait le plus, c'était le fait que Leandro les considérait peut-être comme interchangeables, Nicole et elle.

Frustré de n'avoir pu obtenir d'elle ce qu'il voulait, il était allé se consoler dans les bras de la pulpeuse brunette…

Passablement déprimée par ces réflexions, Miranda se dit qu'elle avait grand besoin de se changer les idées.

Elle alla donc chercher son sac et quitta la villa pour se mettre en quête d'une brasserie où elle pourrait déjeuner.

Elle en trouva une qui offrait une très belle vue. Elle commanda une salade composée qu'elle dégusta en contemplant la mer d'azur qui scintillait au soleil. Cet environnement idyllique l'aida à chasser les sombres pensées qui l'assaillaient depuis ce matin-là.

Que lui importait, après tout, que Leandro soit allé rejoindre Nicole ? Cela ne prouvait-il pas qu'elle avait bien fait de le repousser ? Qu'en cédant à la tentation, elle aurait commis une erreur qu'elle aurait regrettée amèrement par la suite ?

Un peu rassurée par ces réflexions, elle s'entretint quelque temps avec le patron du café et s'aperçut avec un agréable étonnement que, bien qu'elle n'ait pas eu le temps de le pratiquer depuis un certain temps, son français n'était pas aussi mauvais qu'elle ne le pensait.

En quittant la brasserie, elle s'arrêta dans un petit supermarché où elle acheta des provisions pour le dîner, puis elle reprit le chemin de la maison de Vittorio Allegretti.

Comme elle longeait la Promenade des Anglais, elle croisa une maman qui tenait par la main un petit garçon âgé de deux ou trois ans. Elle portait aussi un bébé dans une écharpe.

Malgré elle, Miranda sentit son cœur se serrer. C'était une réaction qui lui était devenue familière, depuis un moment. Bien sûr, elle avait toujours su que sa promesse l'empêcherait d'avoir des enfants, mais cela n'avait pas d'importance lorsqu'elle n'était encore qu'une adolescente.

Aujourd'hui, en revanche, nombre de ses amies envisageaient de devenir mère. Certaines avaient même déjà franchi le pas. A chaque fois que Miranda leur rendait visite, elle ne pouvait réprimer complètement ce mélange si particulier d'envie et de mélancolie.

Elle se demandait souvent si cette sensation ne se renforcerait pas avec le temps. Après tout, elle n'avait que vingt-trois ans. Comment vivrait-elle cette solitude dans dix, vingt ou trente ans ?

Elle ne pouvait répondre à de telles questions, bien sûr. Aussi s'efforçait-elle généralement d'en faire abstraction. Détournant les yeux de la petite famille, elle poursuivit résolument sa route, le cœur un peu lourd.

Il était presque 8 heures lorsque Leandro arriva enfin à la villa. Dès qu'il eut poussé la porte, il fut accueilli par une délicieuse odeur qui flottait dans l'air. Il se figea instantanément, le cœur battant la chamade.

Il avait eu brièvement l'impression de se retrouver projeté des années en arrière, lorsque à la suite d'un après-midi passé à jouer dans le jardin il était accueilli par l'alléchant fumet des plats préparés par sa mère.

La puissance évocatrice de ce souvenir était telle qu'il lui fallut quelques instants pour se reprendre. Tandis qu'il se dirigeait vers la cuisine, il perçut un bruit de vaisselle et la chanson que Miranda fredonnait à mi-voix. Il se demanda depuis combien de temps la maison n'avait pas retenti de sons aussi joyeux et réconfortants.

Comme s'il avait eu un flash, il lui sembla discerner ce que pouvait devenir cet endroit s'il était entretenu. Il n'était pas difficile d'imaginer une famille s'installer ici et rénover la demeure.

Il y aurait des rires et des discussions passionnées, des Noëls et des anniversaires et surtout des enfants qui courraient dans l'escalier et joueraient à cache-cache dans le jardin, comme il le faisait avec Rosie autrefois…

Cette vision idéale fit naître en lui une profonde

mélancolie. C'était probablement ce dont ses propres parents avaient rêvé lorsqu'ils s'étaient installés ici, des années auparavant. Hélas, le destin en avait décidé autrement…

Ravalant un soupir, il rejoignit Miranda qui s'activait dans la cuisine. Elle portait un charmant petit tablier et avait accroché ses cheveux sur le dessus de sa tête pour ne pas qu'ils la gênent. Seule une mèche s'était échappée, venant caresser sa joue légèrement rougie par la chaleur du four.

Comme toujours, elle était irrésistible au naturel.

— Te voilà ! s'exclama-t-elle. Je commençais à me demander si tu rentrerais…

— Tu n'étais pas obligée de cuisiner, tu sais. Nous aurions pu sortir ou nous faire livrer quelque chose.

— J'adore cuisiner, objecta-t-elle en s'essuyant les mains à l'aide d'un torchon. Comment s'est passée ta journée ?

— Bien. Je crois que j'ai trouvé un agent immobilier pour s'occuper de la mise en vente de la maison.

— Vraiment ? Je pensais que tu étais avec Nicole.

— Nous avons déjeuné ensemble, répondit-il.

— Juste déjeuné ?

Leandro hocha la tête en s'efforçant de réprimer un sourire.

— Tu dois être en train de perdre la main, opina-t-elle.

— Sans doute…

Il ne tenait pas à lui avouer qu'il n'avait jamais vraiment eu l'intention de sortir de nouveau avec Nicole.

— J'ai fait le tri parmi les toiles de ton père, lui dit-elle alors. La moitié partira pour Londres afin d'être analysée dans un laboratoire. Pour ce qui est du reste des œuvres, je devrais pouvoir les évaluer ici. J'ai déjà commencé, d'ailleurs. J'ai aussi laissé des messages à certains collègues qui sont plus spécialisés que moi sur certaines périodes ou certains styles. Cela devrait prendre encore un jour ou deux. Je passerai ensuite aux meubles et aux bibelots, de façon à ce que tu aies une vue d'ensemble. Il faudra aussi que tu signes tous les papiers concernant l'assurance des pièces que je compte expédier. Si tout se passe bien, il ne doit pas me rester plus d'une semaine de travail ici.

Leandro réprima un soupir. L'idée de la voir partir plus tôt que prévu avait quelque chose de déprimant. Ce n'était pas uniquement parce qu'il ne tenait pas à rester seul ici. En fait, il avait secrètement espéré que ce séjour pourrait les rapprocher.

Mais peut-être s'était-il montré trop pressant. Peut-être lui avait-il fait peur…

— Est-ce que tu veux que j'avance la date de tes billets de retour ? s'enquit-il.

Elle hésita quelques instants avant de lui répondre.

— A vrai dire, je me disais que tu aurais peut-être besoin d'un coup de main pour trier les affaires de ton père et vider la maison.

— Tu n'es pas obligée, tu sais.

Elle trouva enfin le courage de le regarder droit dans les yeux.

— Est-ce que tu préférerais que je parte ? lui demanda-t-elle.

— Certainement pas, lui assura Leandro. Je me disais juste que ce n'était pas une tâche particulièrement passionnante…

— Très franchement, je préfère être à Nice où je peux me promener dans la rue sans que personne ne me reconnaisse plutôt qu'à Londres où les journalistes doivent continuer à s'en donner à cœur joie…

— Je comprends, acquiesça Leandro.

C'était bien la première fois de sa vie qu'il se réjouissait de l'existence des journaux à scandale et de leurs paparazzis.

— Simplement, reprit Miranda d'un ton prudent, je ne voudrais pas m'imposer au cas où tu voudrais inviter ton amie Nicole à séjourner avec toi, lança-t-elle, fière de la petite pique qu'elle venait de lui asséner.

— Ne t'inquiète pas pour cela. Je ne comptais pas le lui proposer.

Elle hésita un moment avant de lui poser la question qui lui brûlait visiblement les lèvres.

— Pourquoi pas ?

Leandro se demanda si c'était seulement de la curiosité de sa part ou s'il y avait aussi une pointe de jalousie. Si tel était le cas, devait-il y voir un signe encourageant ? La possibilité que l'attirance qui existait entre eux soit plus forte que le serment qu'elle s'était fait ?

A cette seule idée, il sentit monter en lui un irrépressible mélange d'espoir et d'excitation. Il se força pourtant à ne rien laisser paraître, se répétant qu'il y avait bien d'autres considérations à prendre en compte.

Il devait notamment penser à la réaction de Jake et Julius qui verraient certainement d'un très mauvais œil le fait qu'il ait eu une aventure avec leur sœur.

Certes, ils espéraient tous deux qu'elle finirait un jour par tourner la douloureuse page de sa relation avec Mark. Mais ils souhaitaient probablement que ce soit pour vivre une véritable histoire d'amour qui la rendrait pleinement heureuse, pas un simple brouillon qui ne mènerait à rien et la déprimerait encore plus.

Leandro n'était pas certain de pouvoir lui offrir cela. Après tout, lui-même était loin de se sentir parfaitement prêt à assurer un rôle de fiancé protecteur, sur qui on peut toujours compter : il devait composer avec une famille morcelée et un sentiment de culpabilité qui ne lui laissait aucune paix. Comment donner de l'amour et de l'attention à quelqu'un lorsqu'on est soi-même rongé par un trouble ?

— Cela fait des mois que Nicole et moi avons rompu, déclara-t-il enfin. Notre relation ne nous menait nulle part.

— N'est-ce pas précisément ce que tu recherches ? lui demanda posément Miranda.

Il fut pris de court, se sachant démasqué.

— Généralement, si, reconnut-il.

— Et elle ?

— Je crois qu'elle n'en attendait pas plus, répondit-il pensivement. Nicole tient beaucoup à sa liberté.

Miranda secoua pensivement la tête.

— Je me demande pourquoi vous perdiez votre temps à sortir ensemble, dans ce cas.

Leandro ne s'était jamais posé la question sous cet angle.

— Toutes les relations n'ont pas vocation à être aussi intenses, répliqua-t-il.

Un triste sourire se dessina sur les lèvres de Miranda.

— C'est bien pour cela que je compte rester fidèle à Mark, conclut-elle.

A ces mots, Leandro sentit s'envoler les espoirs qu'il caressait un instant seulement auparavant. Il essaya de se convaincre que c'était peut-être mieux ainsi.

6.

Miranda se réveilla en sursaut, le cœur battant à tout rompre.

Tendant l'oreille, elle chercha ce qui avait pu la tirer si brutalement de son sommeil. Il lui semblait vaguement avoir perçu un cri, mais peut-être n'était-ce qu'un mauvais rêve.

Elle s'efforça de reconstituer les fragments épars de ce songe sans y parvenir vraiment. Une sourde angoisse persistait en elle, d'autant plus dérangeante qu'elle ne pouvait se l'expliquer. Si elle avait cru aux fantômes, elle aurait probablement affirmé que c'était Rosie qui venait de l'appeler.

Rejetant ses couvertures, elle se redressa et fouilla des yeux la pénombre de la chambre, uniquement éclairée par les rayons blafards de la lune. Une branche d'arbre dessinait sur le mur d'en face une forme inquiétante qui lui faisait penser à une main griffue.

Arrête de te raconter des histoires, s'invectiva-t-elle.

Elle se força à prendre une profonde inspiration qu'elle relâcha lentement. Cela l'aida à recouvrer un semblant de calme.

Mais un nouveau cri se fit entendre au loin. On aurait dit le vagissement d'un nouveau-né. Miranda bondit de son lit et sortit de sa chambre. Jetant un coup d'œil en direction de la porte de Leandro, elle avisa le rais de lumière qui filtrait au-dessous. Apparemment, il était toujours éveillé.

Pressant le pas, elle alla frapper doucement.

— Miranda ? fit-il d'une voix étonnée. Entre !

Elle ne se fit pas prier et pénétra dans la chambre.

— Tu as entendu ce hurlement ? s'exclama-t-elle. Qu'est-ce que c'était ?

Un sourire amusé se dessina sur ses lèvres.

— Un chat. Enfin, une chatte en chaleur, plutôt. Je l'ai déjà entendue la nuit dernière. Elle doit rôder dans le coin en ce moment…

Miranda rougit légèrement, se sentant un peu ridicule.

— C'est un cri un peu spécial, remarqua Leandro d'un ton qui se voulait réconfortant. Je comprends que ça ait pu te surprendre.

Mais Miranda ne se souciait plus vraiment du cri en question ni de la terreur qu'elle venait d'éprouver. Elle venait de se rendre compte que Leandro, qui était assis sur son lit, son ordinateur portable sur ses cuisses, ne portait en tout et pour tout qu'un caleçon noir.

Elle ne pouvait s'empêcher de contempler avec un mélange d'étonnement et d'admiration le corps parfaitement sculpté qui s'offrait à son regard. Leandro était encore plus beau qu'elle ne l'avait imaginé. Il avait un corps de nageur avec des abdominaux saillants, des épaules bien dessinées et de longues jambes musclées.

Sa peau avait une teinte assez mate qui ajoutait encore à sa sensualité. Elle se prit à songer qu'il était incontestablement l'homme le plus séduisant qu'elle ait jamais rencontré. Cela lui était pourtant si difficile de mettre en comparaison son regretté Mark avec d'autres hommes…

— Est-ce que ça va ? lui demanda-t-il alors d'une voix très douce.

Comprenant qu'elle devait le fixer depuis plusieurs secondes, elle rougit de plus belle.

— Très bien, balbutia-t-elle. Je ferais sans doute mieux d'aller me recoucher, à présent.

Leandro repoussa son ordinateur, lui offrant ainsi une vue plus imprenable encore. Même les nombreuses statues grecques qu'elle avait expertisées durant sa carrière ne lui semblaient pas de taille à rivaliser avec un tel corps.

— Lorsque je t'ai entendue frapper, j'ai cru que tu avais changé d'avis…

— A quel sujet ? s'enquit-elle.

— A propos de ce à quoi nous pensons tous deux depuis que nous nous sommes croisés par hasard dans ce café de Londres, répondit-il d'une voix posée.

— De quoi est-ce que tu parles ? l'interrogea-t-elle tout en redoutant de ne le comprendre que trop bien.

— Du fait que nous avons très envie l'un de l'autre, lui dit-il d'un ton aussi décontracté que s'ils étaient en train de s'entretenir de la météo des prochains jours.

Miranda sentit les battements de son cœur s'emballer. Le désir qu'elle avait ressenti en le voyant à moitié nu grandit encore, se faisant presque irrésistible. Il répandait en elle une étrange chaleur qui s'insinuait au plus profond de son être.

— Je n'ai pas changé d'avis, bredouilla-t-elle.

— Est-ce que tu en es vraiment sûre ?

La voix de Leandro était aussi douce que le velours. Il se leva alors en un mouvement délicat et s'approcha d'elle. Elle aurait certainement dû battre en retraite. Jamais il ne l'aurait suivie jusque dans sa propre chambre.

Mais au lieu de cela elle demeura immobile, le regardant s'approcher très lentement, comme si le temps s'écoulait au ralenti.

Lorsqu'il posa doucement sa paume sur sa joue, elle tressaillit de la tête aux pieds.

— Je vais t'embrasser, lui dit-il.

C'était une mise en garde, un avertissement qui lui offrait une dernière chance de le repousser. Mais elle n'en fit rien. Les lèvres de Leandro se posèrent sur les siennes, les effleurant à peine. Mais ce simple contact suffit à lui arracher un petit gémissement de plaisir mêlé d'impatience.

Il s'enhardit, et leurs langues se rencontrèrent. Miranda se raccrocha aux épaules de Leandro de peur que le trouble qu'elle éprouvait présentement ne lui fasse perdre l'équilibre. La sensualité de cet instant dépassait tout ce qu'elle avait pu connaître jusqu'alors.

Il lui semblait que son corps tout entier vibrait sous l'effet du besoin impérieux qu'elle avait de Leandro. Elle sentit alors ses mains se poser sur sa taille et ne put résister à la tentation de se presser doucement contre lui. Elle perçut distinctement l'excitation qui l'animait et que sa tenue ne permettait pas vraiment de dissimuler.

Ce pouvoir qu'elle avait sur lui à ce moment-là avait quelque chose de grisant. C'était comme un don qu'elle viendrait tout juste de découvrir.

Oserait-elle s'en servir ? Laisserait-elle ce baiser les entraîner vers des étreintes plus passionnées encore ? Plongerait-elle les yeux fermés dans un abîme de volupté charnelle ? Cette possibilité éveillait en elle un mélange explosif d'angoisse et de curiosité.

Elle tendit une main hésitante et plongea ses doigts dans les cheveux soyeux de Leandro. C'était quelque chose qu'elle avait très souvent rêvé de faire. Trop souvent.

— J'ai très envie de toi, déclara-t-il d'une voix si basse et si sauvage qu'elle en était presque méconnaissable.

— J'avais remarqué, répondit-elle avec bien plus d'assurance qu'elle n'en éprouvait réellement.

Il s'était écarté très légèrement d'elle pour lui parler, et déjà elle éprouvait une sensation de manque. Elle ne voulait pas qu'il s'arrête. Elle voulait sentir ses lèvres contre les siennes, ses mains sur sa poitrine, entendre les palpitations de son cœur s'accélérer…

— Nous ne devrions pas faire ça, s'entendit-elle dire.

Il lui semblait que son esprit s'était dédoublé. La part la plus rationnelle d'elle-même lui soufflait qu'elle était en train de commettre une erreur monumentale. Le reste de son esprit, par contre, lui suppliait de déposer les armes et de s'abandonner corps et âme au plaisir que Leandro venait de lui faire entrevoir.

— Tu en as pourtant envie, remarqua ce dernier.

A quoi aurait-il servi de lui mentir à ce sujet ?

— C'est vrai, avoua-t-elle. Mais j'ai fait une promesse…

— Tu n'étais qu'une enfant, alors, lui rappela Leandro. Tu es une adulte, à présent, et il est parfaitement normal que tu éprouves du désir. Tu n'as aucune raison de lutter contre toi-même.

Lorsqu'elles entendaient parler du serment que Miranda avait fait à la mort de Mark, la plupart de ses amies ne comprenaient pas comment elle pouvait se passer de toute sexualité. Pourtant, à ses yeux, cela n'avait jamais été un immense sacrifice.

Ses expériences en la matière avec Mark, sans être désagréables, ne lui avaient pas paru constituer la partie la plus mémorable de leur relation. Elle n'avait jamais connu ces orgasmes incroyables dont parlaient certaines de ses amies et elle les soupçonnait souvent d'exagérer un peu l'intensité de l'expérience.

Mais ce qu'elle éprouvait chaque fois que les mains de Leandro se posaient sur elle lui laissait entrevoir un monde de sensations qu'elle ne connaissait pas encore, comme s'il lui ouvrait les portes d'un paradis dont elle ne soupçonnait même pas l'existence.

Serait-il si terrible de céder exceptionnellement au désir et à la curiosité qui l'habitaient ?

— Cela ne nous engage à rien, reprit Leandro qui avait dû percevoir dans ses yeux l'hésitation qu'elle éprouvait. Il ne s'agit ni de vivre ensemble, ni de nous jurer un amour éternel, ajouta-t-il. Nous sommes juste deux adultes consentants qui éprouvons du désir l'un envers l'autre.

— Ce serait juste pour une nuit ? fit-elle.

— Une nuit, quelques jours ou la durée de notre séjour ici… Tout dépend de ce qui se passera cette nuit, j'imagine.

La proposition était extrêmement attrayante. Au moins avec Leandro, elle n'avait pas à craindre que leur liaison ne se transforme en histoire d'amour.

— Une simple aventure de vacances, chuchota-t-elle, terriblement tentée. Et personne n'a besoin de le savoir en dehors de nous…

Leandro lui jeta un regard étonné.

— Tu as peur de la façon dont tes frères pourraient réagir ? lança-t-il.

— Pas seulement eux, acquiesça-t-elle. Je dois aussi penser à la famille de Mark. Ça leur ferait certainement beaucoup de mal s'ils l'apprenaient…

— Si tu as le moindre doute, il vaut peut-être mieux en rester là. Nous ferons comme si rien ne s'était passé.

Miranda doutait que ce fût possible. D'une façon ou d'une autre, ce qui s'était passé entre eux transformerait leur relation. Il était encore impossible de prévoir comment elle évoluerait, mais ils ne se regarderaient plus jamais de la même manière, désormais.

— En tout cas, reprit-il, je veux que tu saches que ce n'est pas pour cela que je t'ai fait venir ici. Je n'ai jamais pensé que nous pourrions être intimes de cette façon.

— Jamais ? lui demanda-t-elle en le regardant droit dans les yeux.

Pour la première fois depuis qu'ils se connaissaient, ce fut lui qui rougit.

— Eh bien… J'avoue que je t'ai toujours trouvée très attirante, lui dit-il. Et j'étais peut-être même un tout petit peu jaloux de Mark lorsque vous sortiez ensemble. Mais jamais je ne me serais permis le moindre geste ou la moindre parole déplacés. Je ne voulais pas mettre en péril mes relations avec tes frères ou avec tes parents qui étaient un peu ma seule famille, à l'époque…

Il haussa les épaules.

— Et puis, il y a eu cette histoire entre Jake et Jasmine, poursuivit-il. J'ai bien vu la façon dont ça a détruit leur amitié. Ils étaient pourtant très proches, tous les deux.

— Sais-tu ce qui s'est passé, au juste ? s'enquit-elle, curieuse. Jaz n'a jamais voulu me le dire.

— Et Jake ne m'a rien dit. Je sais aussi qu'il n'a rien dit à votre frère. Julius pensait qu'il avait peut-être essayé de la séduire.

— A moins qu'il n'ait réussi à le faire, murmura pensivement Miranda. Quoi qu'il en soit, je ne voudrais pas que ce qui leur est arrivé nous arrive aussi.

— Je suis d'accord. Mais la situation est très différente. Nous n'avons pas le même âge qu'eux à l'époque. Et nous savons dès le départ que nous ne comptons pas aller plus loin. Nous ne rêvons ni l'un ni l'autre de mariage ou d'enfants. Je suis prêt à parier que ce n'était pas le cas de Jasmine.

— Effectivement, concéda Miranda. Jaz a toujours été une grande romantique. Je pense que c'est pour cela qu'elle a ouvert un magasin d'articles de mariage.

— Pour des raisons différentes, conclut-il, nous avons décidé de mener une vie solitaire. Lorsque ce séjour prendra fin, nous reprendrons notre vie comme si de rien n'était. La seule différence, c'est que nous garderons tous deux un souvenir heureux de ces quelques jours passés ensemble.

Présenté de cette façon, ce qu'il lui proposait paraissait en effet bien anodin. Elle ne voyait donc plus vraiment de raison de s'opposer au désir lancinant qu'elle ressentait pour Leandro.

— D'accord, souffla-t-elle. Faisons-le.

— Tu es sûre ? insista-t-il gravement.

— Certaine. Je veux que tu me fasses l'amour, Leandro…

Sans un mot, il s'avança vers elle et la reprit dans ses bras pour l'embrasser. Cette fois-ci, il y avait moins de douceur dans son baiser que de passion à peine contenue.

Les mains de Leandro entrèrent rapidement dans la danse, courant sur le corps de Miranda et éveillant au plus profond de sa chair des frissons qui se répercutaient en elle comme des vagues de pur plaisir.

Sans cesser de la dévorer de baisers, Leandro la repoussa lentement jusqu'au lit sur lequel il la renversa. Enlacés, ils roulèrent sur le matelas.

Miranda s'enhardit à son tour, laissant ses paumes glisser le long des épaules de Leandro, de sa poitrine puissante et de son ventre plat. Elle était fascinée par l'impression de force et de puissance qui émanait de lui.

Lorsqu'elle était sortie avec Mark, ce dernier était encore un adolescent. Leandro, lui, était un homme dans toute l'acception du terme, et cette masculinité triomphante avait quelque chose de grisant.

Il retroussa alors sa chemise de nuit, révélant le corps de sa bien-aimée à son regard. L'embarras de Miranda ne dura que quelques instants, balayé par le mélange d'admiration et d'excitation qui se lisait dans le regard de Leandro.

Jamais elle ne s'était sentie aussi désirée, aussi désirable. Lorsqu'il se pencha pour cueillir entre ses lèvres l'un de ses tétons, elle s'offrit enfin à lui sans l'ombre d'une hésitation.

Du bout de sa langue, il entreprit de la rendre folle. Son habileté diabolique indiquait clairement qu'elle avait affaire à un homme d'expérience. Sa façon de prendre l'initiative avait aussi quelque chose de rassurant. Avec lui, elle se sentait en sécurité.

Elle pouvait ainsi se concentrer exclusivement sur le plaisir qu'il lui procurait. Jamais elle n'aurait pensé qu'on puisse lui en donner autant simplement en caressant ses seins. Mais force était de constater qu'elle avait encore beaucoup à apprendre sur son propre corps.

Leandro descendit alors, couvrant son ventre de petits baisers qui la faisaient frissonner de façon toujours plus intense. Ses lèvres brûlantes attisaient le brasier qui faisait à présent rage en elle.

Toujours plus bas, il plaqua sa bouche au creux de son aine, trouvant d'instinct un point très sensible de son anatomie et lui arrachant un gémissement de pur plaisir. Il profita de ce moment de distraction pour lui ôter sa culotte, révélant son sexe gorgé de désir.

Elle se raidit légèrement, sentant monter en elle une pointe d'embarras. Malgré tout, un reste de pudeur avait résisté aux caresses de Leandro.

— Tu es magnifique, murmura-t-il comme s'il avait deviné le léger sentiment de malaise qui montait en elle. Détends-toi…

Elle s'efforça de lui obéir et sentit sa bouche se poser entre ses cuisses qu'il écarta doucement. Le corps de Miranda se raidit violemment, sous l'effet du plaisir, cette fois.

Les caresses de Leandro se firent alors plus audacieuses, et elle se sentit partir. Chacun de ses effleurements faisait grandir l'excitation qui tourbillonnait en elle. Elle avait l'impression d'être emportée par une lame de fond qui l'entraînait toujours plus loin, toujours plus haut.

L'intensité de ses sensations était sans commune mesure avec tout ce qu'elle avait pu éprouver jusqu'à ce jour. Elle se prit à songer que les amies qu'elles soupçonnaient d'exagérer lorsqu'elles parlaient de leurs relations sexuelles ne lui avaient donné qu'un aperçu très atténué de la réalité.

Les mains de Miranda se crispèrent convulsivement sur le lit, agrippant le drap sur lequel elle était allongée. Soudain, sans qu'elle comprenne vraiment ce qui était en train de lui arriver, elle eut l'impression que son corps tout entier se disloquait sous l'effet de l'extase.

Elle n'aurait su dire combien de temps cela dura — un instant, quelques minutes ou une éternité. Le temps n'avait plus d'importance, et seul comptait cet incroyable bonheur qui déferlait en elle.

C'est alors que Leandro la pénétra lentement. L'univers parut de nouveau vaciller sur son axe. Il s'immobilisa un instant, lui laissant le temps de s'adapter à cette sensation. Il était terriblement excitant de le sentir en elle, enfoui au plus profond de sa chair.

Puis il commença son va-et-vient, et Miranda fut de nouveau emportée par le plaisir. Si elle avait encore éprouvé le moindre doute au sujet de cette nuit, il aurait été balayé par la puissance de ce qu'elle était en train de vivre.

Jamais elle ne s'était sentie aussi bien. Jamais elle n'aurait même pensé pouvoir se sentir aussi vivante. C'était bien plus qu'une simple jouissance physique, si intense soit-elle. C'était une expérience presque mystique.

Son corps paraissait se mouvoir de son propre chef, trouvant instinctivement le rythme qu'il fallait pour prolonger et amplifier le plaisir que lui procurait Leandro. Il n'y avait aucune place pour l'hésitation dans cette étreinte. Tout n'était qu'évidence, comme si tous deux se connaissaient parfaitement.

Au comble de cette passion, ils basculèrent sur le lit, et ce fut elle qui se retrouva soudain au-dessus de Leandro. Prenant l'initiative, elle ralentit légèrement le rythme de façon à profiter au maximum de chaque sensation.

Elle montait lentement jusqu'à ce que le sexe de Leandro soit sur le point d'échapper à son fourreau de chair. Puis elle se laissait glisser le long de son membre, s'empalant littéralement sur lui.

— Miranda…

La façon dont il venait de prononcer son nom intensifia encore son désir. C'était un gémissement rauque, une supplique.

Il posa les mains sur ses hanches et ondula du bassin pour venir à sa rencontre, plongeant en elle encore et encore.

Prenant appui sur le torse de Leandro, Miranda accéléra le rythme. Les yeux mi-clos, elle était perdue dans un monde brûlant où n'existaient ni temps ni espace et où seul comptait ce plaisir qui ne cessait de croître.

Soudain, en un moment de parfait accord, ils parvinrent au point culminant de leur étreinte. L'accès de plaisir qui les emporta alors fut si violent, si sauvage, que Miranda se demanda un moment si elle n'allait pas perdre connaissance.

Brisée, tremblante, elle retomba entre les bras de Leandro et demeura nichée contre sa poitrine, presque en état de choc.

Au bout de ce qui lui sembla être une éternité, Leandro se redressa, prenant appui sur un coude pour la contempler tout à son aise.

— Ça va ? lui demanda-t-il d'une voix très douce.

— Je crois.

Comme les effets de l'extase qu'elle venait d'éprouver commençaient à se dissiper, elle sentait lentement renaître en elle un mélange d'embarras, de timidité et d'angoisse.

— Je suis désolé, lui dit-il alors en effleurant sa joue. J'aurais dû me raser. Tu as la peau tout irritée à cause de moi.

— Heureusement que nous ne connaissons personne ici, répondit-elle avec un pâle sourire. Si Jasmine s'en rendait compte, elle ne me laisserait pas un instant de répit !

— Crois-tu qu'elle désapprouverait ce qui s'est passé entre nous ?.

Miranda repensa à ce que lui avait dit son amie lorsqu'elle était passée la voir à la boutique.

— Je pense qu'elle serait ravie, affirma-t-elle. Et elle me dirait sans doute qu'elle avait raison…

— A quel sujet ?

— Elle est convaincue depuis longtemps que tu es fou de moi.

— Et tu le penses aussi ?

— Non, rétorqua-elle sans hésiter. Je lui ai dit qu'elle se trompait, et ça restera ma position officielle, ajouta-t-elle.

— Tant mieux, acquiesça Leandro. Je crois que tu as raison. Mieux vaut garder pour nous ce qui s'est passé ce soir.

Malgré elle, Miranda se sentit un peu vexée. Mais, après tout, c'était elle qui avait instauré les règles du jeu : ceci n'était qu'une aventure sans lendemain, une simple histoire de vacances.

Dès qu'elle serait de retour à Londres, elle reprendrait le cours de son existence comme si de rien n'était. Il valait mieux que personne ne sache ce qui s'était véritablement passé durant leur séjour ici.

— Ne t'en fais pas, lui dit-elle. Je resterai muette comme une tombe, et je te promets que je ne te demanderai pas en mariage !

Il parut se détendre un peu.

— De toute façon, déclara-t-il, tu mérites bien mieux que ce que j'aurais à t'offrir. Tu es brillante, jeune et séduisante. Je suis sûr que tu feras une épouse et une mère merveilleuse.

— Merci, répondit-elle, touchée par cette déclaration. Mais j'ai renoncé à tout cela depuis bien longtemps…

Alors même qu'elle prononçait ces mots, Miranda se prit à songer qu'elle n'était pas elle-même véritablement convaincue par ce qu'elle était en train de dire. Faire l'amour avec Leandro avait ébranlé ses certitudes. Ce soir-là, quelque chose s'était ouvert en elle, et elle ne pouvait le nier.

Elle n'était plus aussi sûre de vouloir renoncer à ce qu'elle venait de redécouvrir entre ses bras. Cela ne remettait pas en question les sentiments qu'elle avait pu éprouver envers Mark, mais, pour la première fois de sa vie, elle comprenait pourquoi ses frères, ses parents et ses amis lui avaient si souvent répété qu'elle était en train de gâcher sa vie sans raison.

Au moment de la mort de Mark, elle lui avait fait cette promesse parce que en cet instant précis elle avait été convaincue que plus jamais elle n'aimerait ou ne désirerait personne d'autre.

Certes, elle n'était pas retombée amoureuse depuis. Mais Leandro venait de lui démontrer qu'elle était en revanche parfaitement capable de désirer, d'être désirée, de donner et de recevoir du plaisir.

A quoi cela rimait-il de s'en priver ? Après tout, elle ne s'interdisait pas de boire ou de manger, de rire et de s'amuser. De plus, son abstinence ne ramènerait pas celui qu'elle avait aimé.

— C'est absurde, lui dit alors Leandro comme s'il avait lu dans ses pensées. Tu ne peux pas t'interdire indéfiniment d'être heureuse.

— Il est étrange que ce soit toi qui me dises une chose pareille, remarqua-t-elle.

Leandro fronça les sourcils.

— Que veux-tu dire par là ?

— Que toi non plus tu ne te laisses aucune chance d'être heureux…

— Qu'est-ce qui te permet d'affirmer une chose pareille ? s'étonna-t-il.

— Tu te sens responsable de la disparition de ta sœur et tu cherches à te punir pour cela. C'est la raison pour laquelle tu as rompu avec tes parents.

— C'est absurde, protesta-t-il. Ma mère a refait sa vie. Quant à mon père, il m'a clairement fait comprendre qu'il ne voulait pas de moi.

— Et pourtant, à sa mort, il t'a légué tout ce qu'il avait de plus précieux, à commencer par l'œuvre de sa vie : sa collection de tableaux.

— Il n'avait pas d'autre héritier, objecta Leandro.

— Il aurait pu en faire don à une fondation caritative quelconque. Ou alors, il aurait pu créer un musée qui aurait été financé par la vente de ses autres biens… Au lieu de cela, il t'a tout laissé.

Leandro ne répondit pas. Dans ses yeux, elle lut le doute qui l'habitait en cet instant.

— Je crois qu'il t'aimait, insista-t-elle. Simplement, il ne savait pas comment te le montrer. C'était un homme brisé par le chagrin et par l'alcool, un homme qui avait probablement du mal à formuler ce qu'il ressentait. Mais il t'aimait, j'en suis sûre.

Leandro demeura longuement silencieux. Il paraissait

être en proie à un douloureux débat intérieur qu'elle voyait se refléter dans son regard.

Miranda se demanda si elle n'était pas allée trop loin. Que savait-elle vraiment de son père ou des relations que tous deux avaient nouées au fil des années ? Elle ne connaissait de leur histoire que les bribes que Leandro avait bien voulu lui communiquer.

— Je suis désolée, lui dit-elle enfin. Je n'aurais peut-être pas dû te dire tout cela…

Elle se redressa légèrement sur le lit, remontant le drap pour couvrir sa poitrine.

— Si tu veux, je peux te laisser seul…

Leandro secoua la tête.

— Non, lâcha-t-il d'une voix faible. Reste…

Il prit une profonde inspiration, s'efforçant visiblement de remettre de l'ordre dans ses pensées.

— Tu as raison, lança-t-il alors. J'aurais dû revenir ici, il y a des années de cela…

Miranda posa la main de Leandro dans la sienne et la serra doucement.

— Tu es là aujourd'hui, murmura-t-elle. C'est tout ce qui compte.

Il lui adressa un regard empli de reconnaissance. Jamais elle ne l'avait vu aussi vulnérable qu'en cet instant, et elle se sentait profondément touchée par la confiance que cela sous-entendait.

— Je ne pouvais pas supporter de le voir périr de plus en plus, lui avoua-t-il. Chaque fois que nous décidions de nous retrouver à Londres, je devais me préparer psychologiquement. Il était presque toujours sous l'emprise de l'alcool. Avec le temps, cela devenait de pire en pire. A la fin, il lui arrivait de fondre en larmes devant tout le monde ou bien encore de se mettre en colère, prenant à partie tous les gens qui avaient le malheur de passer à proximité. Rien de ce que je pouvais dire ou faire ne pouvait y changer quelque chose. Je me sentais tellement coupable dans ces situations…

— Ce n'était pas ta faute, insista Miranda.

Il ne parut pas convaincu, mais cela n'avait rien d'étonnant : de même qu'elle avait bâti une partie de sa vie autour de la promesse qu'elle avait faite à Mark sur son lit de mort, Leandro avait bâti la sienne sur la certitude qu'il était responsable de la disparition de sa sœur.

— En tout cas, reprit-il, au moment du divorce, il a clairement dit qu'il ne voulait pas que je vienne le voir ici, même pendant les vacances.

— Peut-être craignait-il de ne pas être capable de s'occuper convenablement de toi, suggéra-t-elle. Il y a des tas de pères divorcés qui réagissent de la même façon alors qu'ils n'ont jamais perdu d'enfant, tu sais.

— Peut-être, concéda Leandro. En tout cas, par la suite, il est tombé si bas que c'est moi qui n'avais plus envie de venir lui rendre visite. Evidemment, c'était aussi une façon pour moi de me tenir à l'écart de cette maison et des souvenirs qu'elle ne manquerait pas de faire resurgir. Peut-être que je cherchais inconsciemment à me protéger. Mais je me rends compte aujourd'hui que mon attitude était très égoïste. J'aurais dû faire l'effort de venir pour que mon père puisse retrouver un semblant de sérénité. A cause de moi, il était tombé dans un gouffre, et au lieu de lui tendre la main j'ai continué à creuser ce qui devenait peu à peu sa tombe.

— Je ne suis pas certaine que cela aurait suffi. En tout cas, cela ne l'a pas empêché de te faire confiance et de te léguer tout ce qui comptait encore à ses yeux.

— Tu as peut-être raison.

— J'en suis sûre. De toute évidence, ton père a continué d'entretenir et de prendre soin de sa collection jusqu'à la fin. Il laissait tout le reste partir à vau-l'eau, mais il lui restait au moins ça…

— Ça et la chambre de Rosie, remarqua Leandro d'un air sombre.

— C'est vrai, acquiesça-t-elle. Et il t'a transmis cet héritage. Je sais que ce n'est pas facile pour toi et que cela rouvre d'anciennes blessures, mais je t'assure que ton père a probablement considéré cela comme un geste de réconciliation.

— Merci, Miranda, lui dit-il d'une voix émue. Je crois que j'avais vraiment besoin d'entendre ça.

Elle se pencha pour effleurer ses lèvres d'un baiser. Ce seul contact suffit à raviver les braises de leur passion. Cette fois, ils prirent tout leur temps, profitant de chaque caresse, de chaque baiser comme si ce devait être le dernier. Ils oublièrent alors, l'espace d'un instant qui leur parut une éternité, leurs démons du passé qui les hantaient tant.

7.

Leandro n'avait pas pour habitude de passer la nuit avec ses maîtresses. Il trouvait toujours un prétexte pour s'esquiver. Mais Miranda s'était endormie entre ses bras peu de temps après qu'ils eurent fini de faire l'amour, et il n'avait pas eu le cœur de la réveiller ou de s'éclipser.

Au contraire, il l'avait longuement regardée dormir en songeant qu'elle était la femme la plus adorable qu'il ait jamais eu la chance de contempler. Il émanait d'elle un mélange désarmant de vulnérabilité et de naturel, une forme de beauté fragile qui le touchait en plein cœur.

Une fois de plus, il se demanda s'il n'avait pas commis une terrible imprudence en sortant avec elle, et ce n'était plus uniquement à cause de ses frères. En réalité, ce qu'il redoutait bien plus encore, c'était de lui faire du mal.

La situation était beaucoup trop déséquilibrée.

Tout d'abord, il était beaucoup plus expérimenté qu'elle. Non seulement il était plus âgé de dix ans mais, de plus, Miranda avait vécu une vie d'abstinence sexuelle et émotionnelle au cours des sept dernières années.

Son seul point de repère en matière de relations de couple, c'était une histoire d'amitié amoureuse à laquelle une terrible maladie avait conféré un caractère à la fois dramatique et malsain.

Leandro était persuadé que si Mark avait vécu, Miranda et lui se seraient séparés très rapidement. Avant que son cancer ne se déclare, le jeune homme était l'un des élèves les plus populaires de son lycée. Capitaine de l'équipe de foot, représentant des élèves, il sortait avec les plus jolies filles du lycée.

Ce n'est que lorsque sa santé avait commencé à décliner qu'il avait brusquement commencé à regarder Miranda autrement. D'amie, elle était passée au statut de petite amie, peut-être parce que Mark sentait confusément que c'était quelqu'un sur qui il pourrait vraiment compter.

Et, de fait, il ne s'était pas trompé. Miranda avait courageusement surmonté sa peur et elle était demeurée fidèle à Mark, le soutenant dans les moments les plus difficiles. C'était bien plus qu'on était en droit d'en attendre d'une jeune fille de quinze ans.

Déjà, à l'époque, elle possédait une probité et un sens du devoir étonnants. C'était aussi quelqu'un de très romantique, suffisamment pour se vouer corps et âme à un petit ami mourant et pour lui jurer une fidélité éternelle par-delà la mort.

Ce mélange de loyauté et de romantisme s'expliquait parfaitement lorsqu'on connaissait l'histoire de la jeune femme. Depuis sa plus tendre enfance, elle avait vu ses parents se déchirer par narcissisme ou par pure méchanceté.

Richard et Elisabetta Ravensdale jouaient un rôle sur scène comme à la ville, et ils étaient bien trop nombrilistes l'un et l'autre pour se rendre compte des dégâts qu'ils causaient au sein de leur propre famille.

Il n'était pas étonnant dès lors que Miranda ait été si heureuse d'être adoptée par les parents de Mark. Auprès d'eux et de leur fils, elle avait trouvé sa véritable place, bien plus rassurante et plus centrale que celle qu'elle occupait à Ravensdene. A leurs côtés, elle se sentait véritablement exister.

Evidemment, Leandro ne pouvait faire part de ses

doutes à Miranda. Elle s'était beaucoup trop investie dans sa relation avec Mark pour pouvoir en relativiser l'importance. Et, une fois qu'ils seraient rentrés de France, elle risquait fort de reprendre la vie de recluse à laquelle elle s'était condamnée.

Leur relation, en revanche, s'en trouverait irrémédiablement altérée. Cette nuit, ils avaient franchi un point de non-retour. Ils ne pouvaient espérer redevenir de simples amis. Il subsisterait toujours entre eux le souvenir de cette intimité qu'ils s'étaient offerte l'un l'autre et de l'érotisme torride de leur étreinte.

Leandro se demanda si ceux qui les connaissaient s'en apercevraient. Si tel était le cas, qu'en diraient-ils ? Et, surtout, qu'en penseraient ses frères ? Lui reprocheraient-ils d'avoir abusé de l'innocence de Miranda ? Ou se réjouiraient-ils en découvrant qu'il avait réussi à l'arracher pour un temps aux fers de ce serment absurde ?

Mais, si leurs rapports se trouvaient aujourd'hui totalement bouleversés, ce n'était pas uniquement parce qu'ils avaient couché ensemble. Pour la première fois de sa vie, Leandro avait révélé à quelqu'un son plus lourd secret. En dehors de ses parents, personne ne connaissait l'histoire de Rosie et le rôle que lui-même avait joué dans sa disparition.

Cette révélation avait créé entre eux un lien tout aussi fort que celui qu'ils avaient tissé en couchant ensemble. Elle constituait également un point de non-retour dans leur relation. Plus Leandro y réfléchissait et moins il parvenait à imaginer ce qu'il pourrait bien advenir de leur amitié.

La seule chose qu'il espérait, c'était qu'ils ne finissent pas comme Jake et Jasmine. Lui et Miranda jouaient avec le feu, et il avait bien conscience qu'ils risquaient de se brûler à chaque instant…

Lorsque Miranda ouvrit les yeux, il faisait déjà jour. Les rayons du soleil filtraient à travers les rideaux entrouverts, illuminant la chambre de Leandro. Ce dernier n'en avait pourtant pas profité pour faire une grasse matinée. Miranda était seule dans le lit, à côté d'un oreiller légèrement creusé.

Luttant contre la douce torpeur qui l'habitait, elle se redressa. Son corps tout entier était courbaturé, ce qui n'avait sans doute rien d'étonnant après la nuit qu'elle venait de passer.

Cela faisait des années qu'elle n'avait pas fait l'amour, et aucune de ses précédentes expériences n'avait approché l'intensité de son étreinte avec Leandro. Le plaisir qu'il lui avait procuré avait éveillé en elle un délicieux écho qui continuait de résonner dans sa chair.

Ce constat lui inspira une légère inquiétude. En décidant de s'offrir à Leandro, elle avait plus ou moins espéré que faire l'amour avec lui apaiserait le désir qu'elle éprouvait. Elle commençait pourtant à se demander si l'expérience n'aurait pas précisément l'effet inverse.

Maintenant qu'elle savait à quel point une telle union pouvait lui procurer du plaisir, ne serait-il pas nettement plus difficile de s'en passer ? N'allait-elle pas devenir dépendante de lui, de son charme irrésistible, de son corps si parfait ?

Elle se demanda en outre s'il lui serait si facile que cela de rétablir des relations normales avec Leandro. Ne repenserait-elle pas chaque fois qu'elle le verrait à la folle nuit d'amour qu'ils venaient de passer ?

Si tel était le cas, leurs amis communs se rendraient compte qu'il se passait quelque chose d'anormal entre eux. Jake, Julius et Jasmine comprendraient rapidement que son voyage en France n'avait pas été aussi innocent qu'elle le leur avait laissé entendre.

Hélas, il était trop tard pour se poser ce genre de questions. Les dés étaient jetés, et elle ne pouvait qu'espérer que Leandro et elle parviendraient à trouver un modus vivendi acceptable.

Réprimant un soupir, Miranda récupéra ses vêtements qui gisaient sur le sol et se dirigea vers sa propre chambre, avant de prendre une longue douche qui l'aida à mettre un peu d'ordre dans son esprit.

Après s'être changée, elle descendit au rez-de-chaussée où elle trouva enfin Leandro. Il était installé au salon devant son ordinateur portable, si absorbé par son travail qu'il ne l'entendit même pas approcher. Lorsqu'elle s'éclaircit la gorge pour signaler sa présence, elle eut le plaisir de voir un sourire illuminer son visage.

— Est-ce que tu as bien dormi ? lui demanda-t-il en se levant de son siège.

— Comme un loir. Et toi ?

— Je ne dors pas beaucoup. Rarement plus de cinq ou six heures par nuit.

Tout en parlant, il s'était approché d'elle et déposa un petit baiser sur ses lèvres. Ce geste à la fois si simple et si naturel éveilla en elle un petit frisson de pur bien-être.

— Comment te sens-tu ?

— Bien.

— Pas trop endolorie ?

— Un peu, reconnut Miranda en rougissant légèrement. Mais je ne regrette rien. C'était merveilleux, Leandro.

— C'est vrai, répondit-il.

Mais le ton de sa voix semblait cacher quelque chose.

— Qu'y a-t-il ?

— J'espère juste que ce qui s'est passé ne ternira pas notre amitié, lui avoua-t-il.

— Je me suis posé la question, moi aussi. Mais je crois que c'est plutôt bon signe. Cela signifie que notre relation est importante pour toi comme pour moi. Nous ferons donc ce qui est nécessaire pour ne pas la gâcher.

Leandro hocha la tête sans paraître totalement convaincu.

— Est-ce que tu penses que tu sortiras avec quelqu'un d'autre, en rentrant à Londres ? lui demanda-t-il alors.

Elle lui jeta un coup d'œil pour le moins dubitatif.

— Avec qui veux-tu que je sorte ?

— Ce que je voulais dire, reformula-t-il, c'est que tu n'as plus vraiment de raisons de prolonger l'abstinence que tu t'imposais jusqu'ici…

— Je te l'ai dit : ce qui s'est passé entre nous ne se reproduira pas.

— Tu veux dire que tu ne comptes plus faire l'amour avec moi ?

Miranda se sentit de nouveau gênée.

— Si, bien sûr, tant que nous serons en France.

— Mais dès que tu seras en Angleterre tu renoueras avec la chasteté, c'est bien cela ?

Elle rougit de plus belle, comprenant qu'il était en train de la mettre face à ses contradictions.

— Si je devais continuer à coucher avec quelqu'un en Angleterre, pourquoi ne serait-ce pas avec toi ? répliqua-t-elle, sachant combien il redoutait toute forme d'engagement.

A sa grande surprise, son coup de bluff ne parut pas l'alarmer outre-mesure.

— Tu le ferais vraiment ? s'enquit-il.

— Pardon ? bredouilla Miranda.

— Si je te proposais de sortir avec moi lorsque nous serons rentrés à Londres, le ferais-tu ?

— Mais…, balbutia-t-elle. Je… Ce n'est pas…

Un sourire moqueur se dessina sur les lèvres de Leandro.

— J'ai compris, l'interrompit-il. La réponse est non. C'est bien ce que je pensais : tu tiens plus à jouer les martyrs qu'à profiter de l'existence.

— Profiter de l'existence ? répéta-t-elle. Tu es vraiment mal placé pour en parler.

Ce fut au tour de Leandro de lui jeter un regard étonné.

— De toutes les personnes que je connais, tu es celle qui profite le moins de la vie. Tout ce que tu fais est calculé, planifié. Tu ne te mets jamais en danger. Tu ne t'engages pas affectivement. Tu tiens le monde à distance parce qu'il t'a blessé autrefois et que tu ne veux plus courir le risque que cela se reproduise…

Tandis qu'elle parlait, le visage de Leandro changeait littéralement de couleur. Lorsqu'elle se tut, il demeura longuement silencieux. Dans ses yeux, elle pouvait lire un mélange de culpabilité et de souffrance.

— Il faut absolument que tu te pardonnes, reprit-elle d'une voix plus douce. Il faut que tu acceptes une fois pour toutes que tu n'es pas responsable de la disparition de ta sœur.

— Comment le pourrais-je ? murmura-t-il.

Miranda avait beaucoup réfléchi à cette question la veille, et elle avait peut-être quelques idées à ce sujet.

— Je crois que tu devrais commencer par en parler à Jake et Julius, déclara-t-elle.

— Pourquoi ?

— Jusqu'à présent, tu as gardé ce secret. Tu l'as enfoui au plus profond de toi parce que tu te sentais coupable. Mais cela n'a fait qu'attiser cette culpabilité. Jake et Julius sont tes meilleurs amis. Tu sais que tu peux leur faire confiance. Parle-leur. Raconte-leur ce qui s'est passé. Te confier te fera du bien. Je suis prête à parier qu'ils te diront la même chose que moi : ce n'était pas ta faute.

— D'accord, acquiesça-t-il à contrecœur. Je vais leur en parler. Je ne suis pas sûr que ça change quoi que ce soit, mais j'imagine que cela ne peut pas faire de mal d'essayer.

— A la bonne heure.

— Est-ce que tu veux que j'en profite pour leur parler de nous ?

Miranda secoua la tête.

— Si nous décidons de nous en tenir au plan d'origine et de nous séparer à notre retour en Angleterre, il ne vaut mieux pas. Cela ne ferait que compliquer inutilement les choses. Je ne veux pas non plus qu'ils fassent pression sur nous pour que nous nous mettions en couple.

— Tu as sans doute raison, admit Leandro.

Miranda hésita quelques instants avant de reprendre.

— Au sujet de ta sœur, il y a autre chose que nous pourrions essayer..., lui dit-elle enfin.

— Je t'écoute.

— Conduis-moi à l'endroit où ça s'est passé. A l'endroit où elle a disparu.

— Pour quoi faire ?

— Ce n'est qu'une intuition. Mais il me semble que cela pourrait t'aider à faire ton deuil.

Leandro ne lui répondit pas immédiatement. Il demeura très longuement silencieux, comme plongé dans ses pensées.

— D'accord, murmura-t-il enfin. Il est peut-être temps pour moi d'affronter mes démons une bonne fois pour toutes...

Cela faisait bien longtemps que Leandro n'avait pas éprouvé une telle angoisse — peut-être même depuis le jour où sa sœur avait disparu en cet endroit.

Son cœur battait à tout rompre. D'irrépressibles frissons couraient sur sa peau. Une sueur glacée perlait le long de sa nuque. Mais, au prix d'un violent effort de volonté, il se força à avancer sur la plage, jusqu'à l'endroit précis où il se trouvait lorsque sa vie avait basculé.

Les souvenirs affluaient en lui, aussi clairement que si la scène s'était déroulée la veille. Il finit par s'immobiliser, les yeux rivés sur le sable.

— C'était ici ? lui demanda Miranda d'une toute petite voix.

Il acquiesça, attendant quelque chose qui ne venait pas. Une révélation, peut-être. Ou une certitude.

Mais au lieu de cela il revoyait le visage horrifié de sa mère, la panique dans son regard. Il se rappelait qu'elle avait lâché les glaces qu'elle tenait à la main et qu'il les avait regardées sans les voir, cherchant vainement à prendre la mesure de ce qui était en train de se passer.

Il se souvenait des cris, des appels, des gens qui se tournaient vers eux, inquiets, curieux ou amusés. Certains s'étaient mis à chercher sa sœur. D'autres avaient rappelé leurs enfants qui jouaient au bord de l'eau, de peur peut-être qu'ils ne leur soient aussi arrachés.

Puis il y avait eu les questions des policiers auxquelles il s'était efforcé de répondre. Mais que pouvait-il leur dire ? Il ne s'était retourné que quelques instants.

Tournant les yeux vers la mer, il se demanda si c'était elle qui avait emporté sa sœur. Le temps était calme, ce jour-là, et les recherches n'avaient rien donné. Mais cela ne prouvait rien. Evidemment, il existait d'autres possibilités, bien plus atroces encore que la noyade…

— Est-ce que ça va ? s'enquit Miranda, inquiète.

Leandro hocha de nouveau la tête.

— Durant l'année qui a suivi sa disparition, mon père venait ici chaque jour, déclara-t-il. Il disait qu'il fallait qu'il y ait quelqu'un, au cas où elle se serait perdue, au cas où elle reviendrait…

Sa voix se brisa, et il dut prendre une profonde inspiration avant de poursuivre son récit.

— Il m'arrivait de l'accompagner, mais je me rappelle que, contrairement à lui, je ne me faisais aucune illusion.

Je me suis toujours demandé combien de temps après notre départ il avait continué à venir…

Il hésita de nouveau.

— J'ai laissé une partie de moi sur cette plage et je ne sais pas si je la retrouverai un jour…

Il n'y avait sans doute pas grand-chose à répondre à cela, et Miranda ne dit rien. En revanche, elle glissa sa main dans la sienne et la serra doucement. Et, du fond de l'enfer émotionnel dans lequel il avait basculé, Leandro sentit germer en lui une infime lueur d'espoir.

Pour la première fois depuis de longues années, il n'était plus seul.

8.

Les estimations de Miranda s'étaient révélées correctes : il ne lui avait fallu que quelques jours pour expédier les toiles qui devaient être expertisées en laboratoire et rédiger un catalogue compilant le descriptif et l'estimation des autres tableaux.

Elle entreprit ensuite d'évaluer les meubles et les bibelots qui se trouvaient dans la maison. C'était une tâche nettement plus aisée car elle pouvait se reposer sur les bases de données très complètes dont elle disposait.

Elle venait de terminer l'inventaire du grand salon lorsque Jasmine l'appela pour prendre de ses nouvelles. Miranda commença par lui raconter ce qui était arrivé à Rosie et les conséquences que cela avait eu sur la famille Allegretti.

— C'est terrible ! s'exclama Jasmine. Mais cela explique un peu mieux le tempérament si particulier de Leandro. La vie ne lui a pas fait de cadeaux.

— En effet, reconnut Miranda. Il en souffre encore beaucoup. Mais la bonne nouvelle, c'est qu'il a commencé à en parler. Je l'ai même convaincu de retourner là où ça s'était passé. Malheureusement, cela n'a pas suffi à le guérir de sa culpabilité. Peut-être n'y échappera-t-il jamais vraiment…

— Tu sais ce que l'on dit : le temps guérit toutes les blessures.

— Peut-être, acquiesça Miranda sans grande conviction.

— Mais, dis-moi, cela fait presque une semaine que tu es là-bas. Comment vous entendez-vous, tous les deux ?

Miranda se félicita de ne pas être en visioconférence. Jasmine n'aurait sans doute pas manqué de remarquer qu'elle était en train de rougir violemment.

— Très bien, répondit-elle d'un ton qui se voulait nonchalant. Mais nous ne nous voyons pas tant que cela. Je passe la majeure partie de mon temps à inspecter les tableaux et les meubles de son père. C'était peut-être un ivrogne, mais il avait vraiment des goûts très sûrs en matière d'antiquités !

— Est-ce que Leandro t'a fait des avances ?

Miranda ne put s'empêcher de repenser à la façon dont ils avaient fait l'amour, ce matin même. Aussitôt, elle sentit renaître le désir intarissable qu'il lui inspirait.

C'était d'ailleurs quelque chose qu'elle ne s'expliquait pas. Loin d'épuiser l'envie qu'ils ressentaient l'un pour l'autre, leurs étreintes ne faisaient que la renforcer. Et mieux ils se connaissaient, plus leur plaisir paraissait gagner en intensité.

— Miranda ? Tu rêves ?

— Non, je réfléchissais.

— A Leandro ?

— Pas du tout…

L'éclat de rire de Jasmine lui prouva que cette réponse ne l'avait nullement convaincue.

— Je te connais depuis trop longtemps pour que tu puisses t'en tirer aussi facilement, lui dit-elle. Raconte-moi tout. Est-ce qu'il a essayé de t'embrasser ?

Miranda ne put réprimer un soupir.

— Je le savais ! s'exclama Jasmine, triomphante.

— Oui, nous nous sommes embrassés. Et alors ?

— Et alors ? répéta son amie en riant.

— Ne te fais pas d'idées. Nous ne sortons pas ensemble…

— Ne me dis pas que tu as couché avec lui ! s'écria Jasmine, sidérée.

— Je n'ai rien dit.

— Je n'arrive pas à y croire ! Toi et Leandro ?

— Je te l'ai dit : il n'y a pas de quoi s'emballer. C'est juste une histoire comme ça…

— C'est toi qui dis ça ? Toi qui n'as cessé de répéter que jamais, plus jamais tu ne coucherais avec un autre garçon que Mark ?

— Ce n'est pas la même chose, objecta piteusement Miranda.

Qui espérait-elle donc convaincre ? se demanda-t-elle, résignée.

— Je ne te le reproche pas, tu sais ! lui assura Jasmine. Bien au contraire ! J'aimais beaucoup Mark et j'ai été très triste lorsqu'il est mort. Mais j'ai toujours pensé que cette promesse était absurde…

— J'avais remarqué, se moqua Miranda.

— Tout de même, je n'aurais jamais pensé que ce serait Leandro qui parviendrait à te faire sauter le pas.

— Pourquoi donc ?

— Je ne sais pas… Il est si sérieux… Et puis, il a quand même dix ans de plus que toi !

— Et alors ? lança Miranda, un peu agacée. Jake aussi avait dix ans de plus que toi. Cela ne t'a pas empêchée d'avoir le béguin pour lui pendant des années…

Le silence glacial qui accueillit cette remarque fit naître en elle un brin de culpabilité. Elle savait que Jasmine refusait de parler de ce qui s'était passé à l'époque — et tout particulièrement un certain soir, dans sa chambre. Miranda, comme tous les autres membres de la famille, en était réduite aux spéculations.

— Je suis désolée, s'excusa-t-elle. Je n'aurais pas dû dire ça…

— Est-ce que tu es amoureuse de lui ? lui demanda alors Jasmine.

— Non, lâcha Miranda un peu trop précipitamment.

— Tu en es sûre ?

Cette fois, elle prit tout son temps avant de répondre. La question était plus compliquée qu'elle n'y paraissait. Elle connaissait en effet Leandro depuis toujours. Tout comme Jasmine, il faisait quasiment partie de leur famille, et c'était quelqu'un qu'elle avait toujours admiré.

Elle l'avait longtemps considéré comme une sorte de troisième grand frère, et cette relation de confiance et de respect n'avait pas disparu depuis qu'ils étaient devenus amants.

Mais n'était-ce pas précisément ce qui s'était passé avec Mark ?

— Nous étions amis avant de devenir amants, argua-t-elle prudemment.

— Et est-ce que vous le resterez ?

— Bien sûr.

De cela, elle ne pouvait douter.

— Ce sera peut-être un peu délicat, les premiers temps, reconnut-elle. Mais nous tenons suffisamment l'un à l'autre pour ne pas laisser cette gêne gâcher une belle amitié.

— Tu es certaine que tu ne seras pas tentée d'aller plus loin, au contraire ?

Miranda ne pouvait nier y avoir pensé. Il était en effet très tentant d'imaginer que leur histoire déboucherait sur autre chose : une véritable histoire d'amour et, qui sait, un mariage, des enfants et une vie entière passée ensemble. N'était-ce pas ce que la plupart des gens espéraient ?

Mais ni Leandro ni elle ne caressaient de rêves de ce

genre. Miranda s'était promis de demeurer célibataire pour honorer la mémoire de Mark. Quant à Leandro, elle était convaincue que, tant que le poids de la disparition de sa sœur pèserait sur ses épaules, il serait incapable de prendre un tel engagement.

— Je ne m'imagine vraiment pas filer le parfait amour avec Leandro, déclara-t-elle enfin.

— Et lui ?

— Il n'est pas prêt à s'engager.

— Cela pourrait changer, objecta-t-elle.

— Je ne pense pas.

Le silence de Jasmine indiquait clairement que cette situation ne lui disait rien de bon.

— Ne t'en fais pas pour moi, lui dit Miranda. Je sais ce que je fais. Et Leandro aussi. Par contre, je préférerais vraiment que tu ne parles pas de tout cela à mes frères.

— Je ne dirai rien à Julius, lui promit Jasmine, laissant entendre qu'elle n'adressait plus la parole à Jake depuis longtemps. Est-ce que tu en parleras aux parents de Mark ?

— Pourquoi ferais-je une chose pareille ? s'étonna Miranda.

— Eh bien, Leandro et toi, on ne peut pas dire que vous êtres de parfaits anonymes. Il est l'un des célibataires les plus en vue de Londres. Quant à toi, tu as fait la une d'un certain nombre de journaux à scandale, ces derniers temps. Il est toujours possible que vous vous fassiez prendre en photo ensemble…

— Je n'ai vu aucun paparazzi depuis que je suis ici, lui assura Miranda.

— Tu sais comme moi que cela ne veut pas dire grand-chose. Il pourrait très bien y en avoir un posté devant chez Leandro à l'heure actuelle. Même moi, ils me poursuivent alors que je ne suis qu'une amie de la famille.

Si tel était le cas, songea Miranda, cela signifiait que la situation avait pris des proportions plus astronomiques encore qu'avant son départ. Cela ne la réconciliait pas vraiment avec l'idée de rentrer à Londres. Pourquoi ne pouvait-elle pas prolonger indéfiniment ses vacances idylliques sur la Côte d'Azur ?

— Ça m'a donné une idée, d'ailleurs, reprit Jasmine.

— Laquelle ?

— Eh bien, je me disais que je pourrais peut-être rencontrer cette fille.

— Katherine Winwood ? s'exclama Miranda, incrédule. Mais pourquoi ?

— Eh bien, cela pourrait me permettre de jouer les intermédiaires. Et puis, j'avoue que cette fille me plaît bien…

— Tu plaisantes ?

— Non. Si j'en crois ce que j'ai lu à son sujet, elle a un sacré caractère. Et quelque chose me dit que Flynn Carlyon va avoir du fil à retordre…

Flynn était l'avocat que la famille de Miranda avait chargé de sonder Katherine. Il devait notamment déterminer si ce qu'elle attendait de Richard était un arrangement financier. En ce cas, il serait chargé d'en négocier le montant.

Evidemment, il était tout à fait possible que cette fille cherche, au contraire, à faire durer ce scandale. Après tout, une telle exposition médiatique ne pouvait que servir une jeune actrice comme elle.

— Tu devrais peut-être la rencontrer, toi aussi, suggéra alors Jasmine.

— Certainement pas ! s'écria Miranda. Pourquoi ferais-je une chose pareille ?

— Parce que c'est ta sœur, bien sûr.

— Je n'ai pas besoin de sœur ! Je t'ai toi.

— L'un n'empêche pas l'autre, objecta Jasmine. Mais

Katherine et toi êtes du même sang. Et l'on ne devrait jamais se détourner de sa propre famille.

L'intensité avec laquelle Jasmine avait prononcé ces derniers mots n'avait rien d'étonnant. Sa propre mère l'avait abandonnée lorsqu'elle avait huit ans. C'était d'ailleurs la raison pour laquelle les parents de Miranda l'avaient prise sous leur aile.

Pendant des mois et peut-être même des années, elle avait espéré que sa mère regretterait son geste et qu'elle reviendrait la chercher. Mais cela ne s'était jamais produit. Elle avait dû refaire sa vie ou, plus probablement, la détruire à grand renfort de drogues.

Jasmine ne l'avait jamais accepté, bien sûr. A ses yeux, il n'y avait pas de crime plus abject que d'abandonner les membres de sa famille.

Mais Miranda ne partageait pas cette analyse. Elle estimait que sa fidélité devait aller à sa mère qui avait été trahie par son père. Or, elle savait pertinemment que sa mère, Elisabetta, prendrait très mal un rapprochement entre ses propres enfants et Katherine.

Les relations entre Miranda et sa mère n'avaient jamais été faciles. Sans doute étaient-elles trop différentes l'une de l'autre. Quel lien pouvait bien espérer établir une grande actrice narcissique et névrosée et une restauratrice d'œuvres d'art timide et réservée ?

Pourtant, au fil du temps, elles étaient parvenues à trouver un terrain d'entente. Elles avaient appris, sinon à se comprendre, du moins à se respecter. Mais, si elle rencontrait Katherine Winwood, Miranda réduirait tous ces efforts à néant.

De plus, elle n'avait pas envie de se retrouver prise entre le marteau et l'enclume. Au cours de ces dernières semaines, les rapports entre ses parents s'étaient détériorés. Miranda n'avait pas connu leur premier divorce, bien sûr, puisque sa naissance était le fruit de leur réconciliation.

Mais ses frères lui avaient laissé entendre que la dispute avait pris des proportions titanesques, surtout avec la surmédiatisation de ce divorce hors norme.

Aujourd'hui, les Ravensdale semblaient se préparer à vivre le remake de cette tragédie.

— Tu as sûrement raison, déclara enfin Miranda. Ta position te permet peut-être de faire la connaissance de cette fille sans que tes allégeances ne soient remises en doute. Mais c'est loin d'être mon cas, et je ne tiens pas non plus à ce que la presse ait vent d'une telle rencontre.

— Nous pourrions organiser ça en toute discrétion, remarqua Jasmine. Promets-moi d'y réfléchir avant que je ne rencontre Katherine, d'accord ?

— Je vais y penser, répondit Miranda.

Après tout, elle ne pouvait refuser cela à Jasmine, mais elle doutait fort que ses réflexions ne la conduisent à réviser sa position initiale.

— Je crois que j'ai trouvé un acheteur pour la villa ! s'exclama Leandro en pénétrant dans la salle de bal où Miranda travaillait depuis ce matin-là.

Il se figea en découvrant le visage défait de la jeune femme.

— Que se passe-t-il ? s'enquit-il, inquiet.

— Rien de grave, le rassura-t-elle. Mais Jaz vient de m'appeler. Elle pense que je devrais rencontrer Katherine Winwood.

— Je suis d'accord, lança Leandro sans hésiter.

Elle lui jeta un regard étonné.

— Cela n'engage que moi, lui dit-il. Mais j'ai passé ma vie à espérer retrouver ma sœur et à ta place je n'hésiterais pas un seul instant.

— Je comprends, acquiesça-t-elle. Mais j'ai peur que ma mère prenne cela comme une trahison.

— Ce n'est pas la faute de Katherine si ton père s'est montré infidèle, objecta Leandro.

— Je sais, concéda-t-elle. Mais, nous rapprocher d'elle, cela revient un peu à donner raison à notre père. C'est comme si nous cautionnions ce qu'il a fait. D'autant qu'il ne demande pas mieux : il serait ravi de pouvoir tous nous réunir. Cela lui permettrait de se convaincre que tout va pour le mieux dans le meilleur des mondes…

— Il faudra bien que vous lui pardonniez ce qu'il a fait tôt ou tard, opina Leandro.

— Est-ce ce que tu es en train de faire ? lui demanda gravement Miranda.

Leandro ne répondit pas immédiatement. Il lui semblait effectivement que les arguments de Miranda avaient commencé à porter. Lentement, il en venait à admettre qu'il ne pouvait être entièrement tenu pour responsable de la disparition de sœur. Il savait aussi que rien de ce qu'il aurait pu faire n'aurait permis de sauver le mariage de ses parents ou de guérir son père de ses problèmes d'alcool.

Il avait aussi fini par comprendre que la vie de Vittorio n'avait pas été aussi vaine et vide de sens qu'il ne l'avait pensé jusqu'alors. La collection de son père avait été bien plus qu'un simple passe-temps. C'était une passion à laquelle il avait consacré toute son existence, et ce legs valait peut-être la peine d'être sauvegardé. D'un coup, il revêtait une signification particulière, comme un ultime lien qui le rattachait à son défunt père.

— Peut-être, répondit-il enfin. Cela prendra sûrement encore du temps, mais je commence à croire que j'ai vraiment une chance d'y parvenir.

— J'en suis heureuse pour toi, affirma Miranda en lui décochant un sourire radieux.

Cette seule vision suffit à éveiller en lui un mélange incoercible de désir et de tendresse. Curieusement, le fait de sortir avec elle ne le rendait pas moins réceptif au charme qu'elle dégageait. Bien au contraire, il ne cessait de découvrir de nouvelles raisons de s'émerveiller en la regardant.

— Au fait, ajouta-t-elle d'un air un peu embarrassé, je crois que Jasmine nous a percés à jour.

— Tu crois ? répéta-t-il en haussant un sourcil.

— J'en suis sûre. Elle me connaît beaucoup trop bien et elle a tout de suite senti qu'il y avait quelque chose d'anormal chez moi. J'ai fini par tout lui avouer.

Leandro se demanda comment elle avait présenté la chose. Si on lui avait posé la question, il aurait été bien incapable de répondre. En réalité, il n'avait jamais eu de liaison comparable à celle-ci.

Il se sentait bien plus proche de Miranda que de toutes les femmes avec lesquelles il avait pu sortir jusqu'alors. Cela ne se limitait pas au plan physique, même si l'alchimie qui existait entre eux était incontestable.

Il aimait discuter avec elle et il accordait une grande importance à ce qu'elle pouvait penser. Il respectait ses valeurs et son inflexible intégrité mais, surtout, il admirait cette alliance d'intelligence et de culture qui lui valait l'admiration et le respect de ses pairs.

— Ne t'inquiète pas, reprit Miranda. Je lui ai demandé de ne pas en parler à Jake et Julius, et je lui ai laissé entendre que cette histoire ne durerait pas.

Leandro hocha la tête. C'était certainement la meilleure chose à faire. Après tout, il ne s'imaginait effectivement pas s'engager plus qu'il ne l'était déjà et ne tenait pas à affronter la pression des médias et de la famille de Miranda qui ne manquerait pas de tirer des conclusions erronées.

— Je lui ai expliqué que tu ne voulais pas d'une relation à long terme, ajouta-t-elle.

— Est-ce une façon de me dire que toi, tu en voudrais une, finalement ?

— Non, lui assura Miranda un peu trop précipitamment pour paraître naturelle. Je ne parlais pas de moi mais de ta vision du couple en général… Et je dois dire que je ne suis pas certaine de te comprendre. Tu ferais probablement un mari merveilleux et un père parfait.

— Merci, répondit-il, touché malgré lui. Mais je crois que tu me surestimes. Je ne suis pas assez stable pour avoir des enfants.

— C'est le cas de la plupart des gens, tu sais, répliqua-t-elle avec un sourire malicieux. Mais ça ne les empêche pas de se lancer dans l'aventure. Et finalement, ils se rendent compte qu'ils ne s'en tirent pas si mal…

Leandro fronça les sourcils.

— Tu as une façon bien légère de traiter un engagement aussi important, remarqua-t-il.

Elle le regarda pensivement.

— Je ne crois pas, lui dit-elle enfin. Le problème de bien des parents, de nos jours, c'est de penser qu'ils sont l'alpha et l'oméga de leurs enfants. Ils s'imaginent être responsables de tout ce qu'ils pensent, disent ou font. C'est peut-être vrai pendant les quatre premières années, et encore… Un enfant passe plus de temps à la crèche, à l'école et avec ses amis qu'avec ses parents. Il est exposé à toutes sortes d'influences qui les dépassent. Tout ce qu'ils peuvent faire, en réalité, c'est l'aimer et le soutenir pour qu'il parvienne à trouver sa propre voie au milieu de ce labyrinthe…

— Pour quelqu'un qui ne veut pas d'enfants, tu sembles avoir beaucoup réfléchi à la question, déclara Leandro avec une pointe d'étonnement.

— Je n'ai pas dit que je n'en voulais pas, objecta-t-elle. Mais l'homme avec qui je voulais en avoir est mort avant que mon vœu ne se réalise.

Malgré lui, Leandro se sentit blessé par cette remarque. Avec une pointe de naïveté, peut-être, il avait cru que ce qui s'était passé entre eux avait pu la libérer des chaînes qui la retenaient à Mark. Visiblement, il s'était trompé sur ce point…

— Il y a des tas d'autres hommes, rétorqua-t-il. Tu n'as que vingt-trois ans, tu as tout le temps de retomber amoureuse et de faire des enfants.

Alors même qu'il prononçait ces mots, il sentit poindre en lui un accès de jalousie totalement injustifié. Il aurait pourtant dû se réjouir à l'idée que Miranda puisse trouver le bonheur. N'était-ce pas ce qu'un ami aurait fait ?

Leandro jura intérieurement. Une fois encore, il se sentait pris au piège de ses propres contradictions. Jamais ses sentiments ne lui avaient paru aussi flous et contradictoires.

— Je préfère ne pas répondre à cela, lui dit-elle avec un pâle sourire. Ce petit séjour en France m'aura au moins appris qu'il ne faut jamais dire jamais… Sur ce, je vais te laisser. Il faut que je rappelle Phil au sujet de ce Sisley. Si c'est réellement un vrai, comme il semble le penser, tu ne vas pas tarder à te retrouver à la tête d'une véritable fortune…

— Ça peut attendre, protesta Leandro en la prenant par la main. Il y a des choses beaucoup plus importantes que l'argent dans la vie…

A ces mots, Miranda ne put réprimer un frisson de d'excitation. Il suffisait d'une simple étincelle pour raviver le désir qu'ils avaient l'un de l'autre. Leandro avait bien vu à quel point Miranda venait de changer d'attitude, et il sentait, lui aussi, cette pulsion incontrôlable enfler dans son propre corps.

La prenant par la taille, il l'attira contre lui et se

pencha pour l'embrasser. Ce baiser acheva d'enflammer ses sens, décuplant l'envie qu'il ressentait de la basculer sur le dos et de lui faire l'amour.

Jamais personne n'avait exercé une telle emprise sur lui. Il n'aurait su d'ailleurs expliquer à quoi tenait cette mystérieuse alchimie.

Cette question ne tarda pas à disparaître de son esprit, balayée par l'excitation folle qui mettait tout son corps en alerte. Il se fit alors plus ardent, laissant ses mains courir sur le corps de la jeune femme. Brûlante, elle ondulait contre lui, gémissant contre ses lèvres.

Il déboutonna le jean qu'elle portait et passa sa main dans sa culotte. Il introduisit ses doigts en elle, lui arrachant un cri de plaisir. Il la repoussa doucement jusqu'au mur le plus proche contre lequel il la plaqua, emprisonnant ses poignets au-dessus de sa tête.

Ses caresses se firent plus audacieuses, et il la guida d'une main très sûre jusqu'à un orgasme dont l'intensité les prit tous deux de court. Il attendit qu'elle ait recouvré ses esprits avant de lui retirer son jean et sa culotte. La faisant pivoter sur elle-même de façon à ce qu'elle se retrouve face au mur, il prit tout juste le temps d'enfiler un préservatif avant de se glisser entre ses cuisses.

Miranda plaqua ses paumes contre le mur sur lequel elle prit appui, se cambrant légèrement pour mieux lui offrir le cœur de son intimité. C'était une position terriblement érotique, et il dut faire appel à toute la force de sa volonté pour ne pas perdre le contrôle de la situation.

Agrippant ses hanches, il se força à ralentir le rythme. La tête renversée en arrière, les yeux mi-clos, Miranda s'abandonnait totalement à la joie de ce moment.

Jamais Leandro n'avait connu une complicité aussi parfaite avec une femme. Il n'y avait chez Miranda aucun calcul, aucune retenue, aucun faux-semblant. Elle lui faisait totalement confiance. Ce mélange d'innocence et d'audace était pour lui le plus puissant des aphrodisiaques.

Sentant défaillir son propre self-control, il se pencha vers Miranda et pressa son visage contre son cou. Se grisant de son odeur, il se laissa aller à son tour, laissant libre cours à une extase qu'il ne parvenait plus à endiguer. Miranda le rejoignit alors, et leur plaisir se mêla en un moment de pure jouissance.

Ils demeurèrent alors longuement immobiles, toujours pressés l'un contre l'autre, haletants, heureux.

— Je n'avais encore jamais fait ça, confia enfin Miranda.

Elle laissa échapper un petit rire très rauque qui le fit frissonner doucement.

— A vrai dire, je crois que je manque terriblement d'expérience, déclara-t-elle avec une pointe d'autodérision. Je n'ai jamais fait l'amour en plein air par exemple. Ce doit être agréable de sentir le vent sur sa peau…

— Tout dépend de la température, répliqua Leandro en souriant.

Alors même qu'il répondait par ce trait d'humour, il sentit monter en lui une angoisse diffuse. Il se rendait compte qu'ils n'auraient probablement pas le temps d'essayer.

Ils n'auraient pas plus le temps de partir en vacances ensemble. Ou d'aller voir un concert. De faire de la voile tous les deux. Ou de se rendre dans ce petit restaurant terriblement romantique qu'il connaissait à Londres et dont il était persuadé qu'il plairait énormément à Miranda…

Il y avait tant de possibilités et si peu de temps… D'autant que Miranda et lui avaient encore beaucoup de travail ici…

Alors même qu'il se faisait cette réflexion, son téléphone portable se mit à sonner. Par réflexe, il le sortit de sa poche pour y jeter un coup d'œil.

— C'est ton frère, s'exclama-t-il avec étonnement.

Miranda sursauta et rougit brusquement, comme s'ils venaient d'être pris en faute. La scène aurait pu prêter à sourire s'il n'avait pas ressenti très précisément la même gêne.

— Lequel de mes frères ? lui demanda-t-elle alors.

— Jake.

— J'espère qu'il ne sait pas pour nous…

— Comment le pourrait-il ? objecta Leandro.

Elle haussa les épaules.

— Jaz pourrait avoir laissé échapper quelque chose sans le faire exprès…

— Jasmine discutant avec Jake ? lança-t-il d'un ton incrédule. Cela paraît tellement improbable que si une telle chose venait à se produire, nous pourrions annoncer à toute ta famille que nous avons une aventure sans que personne ne s'en soucie !

Un sourire nerveux se dessina sur les lèvres de Miranda.

— Tu as sûrement raison, affirma-elle. Je suis en train de devenir paranoïaque…

Elle réfléchit un moment avant de lui poser la question qu'elle avait sur le cœur.

— Crois-tu que nous leur dirons un jour ? Dans très longtemps, quand tout cela sera loin derrière nous ?

La question ne fit qu'ajouter aux doutes qui tiraillaient Leandro. Miranda paraissait bien plus à l'aise que lui pour discuter de leur prochaine rupture.

— Tôt ou tard, ils finiront par découvrir la vérité, répondit-il. Cela vaut peut-être mieux, d'ailleurs. N'est-ce pas toi qui m'as fait comprendre que ce genre de secret ne pouvait qu'aggraver les choses ?

— C'est vrai, reconnut Miranda.

Elle ne paraissait pas complètement convaincue.

— En tout cas, reprit Leandro, ne t'inquiète pas trop à ce sujet. Même s'ils découvrent ce qui s'est passé, je pense que tes frères seront surtout heureux que tu aies enfin réussi à tourner la page et à reprendre le cours de ta vie normale.

— Et toi ? lui demanda-t-elle alors. Est-ce que tu continueras comme si rien ne s'était passé ?

Leandro secoua la tête. Il savait déjà que ce qui s'était passé ici changerait beaucoup de choses dans sa vie, même s'il avait encore du mal à savoir quoi.

— Même si je le voulais, ce serait impossible, répondit-il. Tu m'as fait prendre conscience de pas mal de choses que je me refusais jusqu'alors à considérer : la façon dont je gère ma culpabilité, mes relations avec mon père, la place que je veux donner à son héritage... Quoi qu'il arrive, je vais être obligé de changer.

Miranda hocha la tête, mais dans ses yeux il crut discerner de la déception. Ce n'était apparemment pas ce qu'elle avait espéré entendre. Bien trop dépassé par les événements, il lui était impossible de deviner ce qu'elle pouvait attendre de lui...

9.

Il ne restait plus que deux jours à Miranda avant qu'il ne soit temps pour elle de regagner Londres, et elle ne parvenait pas à s'expliquer comment les trois dernières semaines avaient pu s'écouler aussi rapidement.

Leandro et elle n'avaient pas chômé. Après avoir terminé l'inventaire et l'évaluation de tous les meubles et bibelots, elle avait supervisé le travail des déménageurs professionnels que Leandro avait embauchés.

Tout ce qui ne devait pas être mis en vente directement serait stocké dans un entrepôt sécurisé, le temps qu'il décide de ce qu'il voulait en faire. Pendant ce temps, Leandro dirigeait l'équipe chargée de la rénovation de la maison ainsi que celle qui s'occupait du nettoyage.

Ils avaient ainsi vidé et restauré les pièces une à une. Parallèlement à ce titanesque chantier intérieur, Leandro avait fait ravaler la façade. Il avait aussi fait appel à un paysagiste qui avait entièrement refait le jardin.

Sous les yeux émerveillés de Miranda, la maison avait progressivement retrouvé son lustre d'antan. Plus que d'un simple toilettage, il s'agissait d'une véritable renaissance. L'intuition qu'elle avait eue en découvrant les lieux s'était rapidement révélée exacte : remise à neuf, la demeure était tout simplement sublime.

La seule chambre à laquelle ils n'avaient pas encore touché était celle de Rosie. A plusieurs reprises, Leandro avait semblé prêt à s'y attaquer mais à chaque fois il avait trouvé une excellente raison de reporter cette épreuve. Miranda n'avait pas cherché à le presser. Elle savait que ce serait pour lui un moment aussi difficile que déterminant pour ce nouveau départ qu'il amorçait. Et, par-dessus tout, elle était convaincue que c'était une étape de sa vie qu'il devait franchir seul.

Il lui restait suffisamment de temps entre le départ de Miranda et son propre voyage à Genève où il devait se rendre pour affaires.

La prochaine fois qu'ils se reverraient, ce serait à Londres, et ils seraient alors redevenus de simples amis. C'en serait fini des longues heures passées à se blottir l'un contre l'autre, à se faire découvrir leurs plats préférés ou à discuter pendant des heures des mérites comparés de tel film ou de tel ouvrage qu'ils avaient pu lire…

Elle savait déjà que tous ces moments lui manqueraient terriblement. Mais ce qui lui manquerait peut-être plus encore, ce serait leurs étreintes passionnées, les caresses et les baisers qu'ils échangeaient chaque jour, la façon dont leurs regards se croisaient parfois, éveillant en elle un délicieux frisson d'impatience.

C'était bien plus que du désir. C'était une complicité qui dépassait de très loin la dimension purement physique pour devenir une communion de chaque instant. Ensemble, ils avaient exploré des régions inconnues de leurs propres corps.

Au cours des jours précédents, à mesure que se rapprochait inexorablement l'instant de leur séparation, elle avait senti grandir en elle un doute qui s'était progressivement mué en hypothèse puis en certitude.

Ce qu'elle ignorait, en revanche, c'était ce qu'elle était censée faire de cette révélation.

Leandro avait été parfaitement clair à ce sujet, et elle avait accepté ses conditions. Mieux, elle avait abondé dans son sens, convaincue que leur idylle ne devait être qu'une parenthèse, un moment de plaisir hors du temps et de la réalité quotidienne.

De plus, ce qu'elle éprouvait aujourd'hui allait à l'encontre de tous ses principes. Ne s'était-elle pas juré de demeurer fidèle à Mark ? Evidemment, cette question en appelait une autre, tout aussi délicate…

Jusqu'à présent, elle avait toujours supposé que l'on ne pouvait aimer vraiment qu'une seule personne dans sa vie. Bien sûr, elle savait que des hommes et des femmes se remariaient, parfois même plusieurs fois. Mais, malgré cela, elle s'était toujours convaincue qu'il n'y avait qu'un véritable amour et que les autres n'étaient au fond que de pâles substituts.

Elle s'apercevait pourtant aujourd'hui que les choses n'étaient pas aussi simples. Ce qu'elle ressentait pour Leandro était tout aussi réel que ce qu'elle avait éprouvé pour Mark. Mais c'était elle qui avait changé.

L'adolescente d'autrefois avait cédé la place à une femme plus mûre et plus assurée, une femme qui avait été façonnée par les épreuves qu'elle avait traversées. Elle n'était plus celle qui avait fait à Mark ce serment terriblement romantique et un peu absurde.

Pouvait-elle pour autant avouer ses sentiments à Leandro ?

Plus elle retournait cette question dans sa tête et plus Miranda était convaincue qu'elle n'avait pas le choix. Si elle ne lui disait rien, elle passerait probablement le reste de sa vie à se demander ce qui aurait pu se passer dans le cas contraire. Elle ne voulait pas vivre le restant de ses jours avec, pour seule compagnie, ses propres regrets.

Elle n'exigerait rien de lui, ne lui demanderait rien, mais elle devait savoir. Il ne lui restait plus que deux jours pour mettre les choses au clair…

Alors même qu'elle parvenait à cette conclusion, un doute s'insinua brusquement en elle. Le cœur battant à tout rompre, elle consulta le calendrier de son téléphone portable et fit un rapide calcul.

Elle resta figée sur place pendant de longues secondes.

— Ce n'est pas possible, murmura-t-elle.

Leandro avait pourtant toujours pris ses précautions. Pas une seule fois ils n'avaient fait l'amour sans préservatif. Pourtant, le fait était là : ses règles avaient trois jours de retard alors qu'elles étaient généralement d'une régularité presque métronomique.

Miranda prit une profonde inspiration, s'efforçant de maîtriser le flot d'émotions contradictoires qui la submergeaient. Il était encore beaucoup trop tôt pour céder à la panique.

Mais le fait qu'il puisse exister une possibilité, si infime soit-elle, qu'elle attende un bébé de Leandro l'emplissait d'un mélange d'appréhension et d'espoir. Depuis la mort de Mark, elle avait peu à peu renoncé à l'idée d'être mère. Mais cette perspective l'avait toujours attristée, peut-être plus encore que le fait de demeurer célibataire toute sa vie.

Si jamais elle était effectivement enceinte, elle savait déjà qu'elle garderait ce bébé. Cela ne faisait pas l'ombre d'un doute dans son esprit. Ce serait le plus beau cadeau que Leandro puisse lui faire à la veille de leur séparation…

Evidemment, cela ne manquerait pas de poser quelques problèmes. Il n'était pas certain, par exemple, que sa famille ou ses amis comprennent sa décision. Il lui serait également très difficile d'annoncer la nouvelle à la famille de Mark. Quant à Leandro, elle n'avait pas la moindre idée de la façon dont il pourrait bien réagir à un tel coup de tonnerre.

Une partie d'elle espérait secrètement que ce bébé

lui ferait l'effet d'une révélation. Peut-être prendrait-il conscience qu'il était parfaitement capable de devenir père, qu'il n'avait aucune raison de s'interdire d'être heureux…

Un sourire empli d'autodérision se dessina sur les lèvres de Miranda. Le plus plausible, songea-t-elle, c'était qu'il lui demande instamment d'avorter. Lorsqu'elle lui annoncerait qu'elle comptait garder cet enfant, il lui proposerait certainement d'en assumer la responsabilité financière. Mais il y avait très peu de chances pour qu'il se décide soudain à embrasser cette paternité dont il n'avait pas voulu.

Miranda s'efforça de chasser ces folles spéculations de son esprit. Tant qu'elle n'était pas certaine d'être enceinte, il ne servait strictement à rien d'échafauder de telles hypothèses.

Fort heureusement, Leandro se trouvait dans le jardin, en pleine conversation avec le paysagiste. Elle put donc sortir très discrètement de la maison pour se rendre à la pharmacie la plus proche.

En pénétrant dans la boutique, elle vit deux jeunes mamans qui s'y trouvaient déjà. L'une était venue chercher des couches, et l'autre se renseignait sur les différents types de lait qui existaient.

Miranda n'avait d'yeux que pour les deux nourrissons qui sommeillaient dans leurs poussettes respectives. Elle avait du mal à s'imaginer que d'ici quelques mois elle aurait peut-être un bébé, elle aussi. Mais déjà son imagination s'enflammait

Serait-ce un garçon ou une fille ? Comment l'appellerait-elle ? Ressemblerait-il plutôt à Leandro ou à elle ? L'idée qu'il puisse ressembler un peu aux deux lui paraissait fascinante.

L'un des enfants ouvrit les yeux et bâilla. Une main minuscule agrippa inconsciemment la petite couverture.

Miranda sentit son cœur se serrer dans sa poitrine sous l'effet d'une émotion qui lui était encore inconnue.

Comment avait-elle pu imaginer vivre indéfiniment sans enfant ? Comment était-elle parvenue à se convaincre qu'elle pourrait ne jamais devenir mère ?

Tandis qu'elle se faisait ces réflexions, une petite voix dans sa tête la mit en garde.

Si elle se découvrait soudain une telle fibre maternelle, n'était-ce pas surtout parce qu'elle sortait avec Leandro ? Après tout, elle n'avait jamais réagi de façon aussi intense auparavant.

Voudrait-elle toujours un enfant si elle découvrait qu'elle n'était pas enceinte et que Leandro et elle se séparaient comme ils avaient prévu de le faire ?

A son grand désarroi, elle comprit que la réponse à cette question était loin d'être évidente.

— Mademoiselle ?

Miranda releva les yeux et constata que l'une des mères était en train de se diriger vers la porte.

— Je voudrais un test de grossesse, dit-elle à la pharmacienne.

— Certainement…

— En fait, mettez-en trois.

Un sourire complice se dessina sur le visage de la jeune femme. Elle emballa les trois tests demandés et lui remit le sachet.

— Bonne chance, lança-t-elle.

— Merci.

Tandis qu'elle se dirigeait vers la sortie, elle saisit le double sens des derniers mots prononcés par la pharmacienne. Certaines femmes devaient espérer que le test se révélerait positif, d'autres qu'il les rassurerait en étant négatif. Quant à elle, aucun doute. Elle se trouvait incontestablement dans la première de ces catégories…

De retour à la villa, Miranda esquiva Leandro qui

avait terminé sa réunion avec le paysagiste. Il était dans le salon en train de parler au téléphone. Elle en profita pour monter directement dans sa chambre. Là, elle s'enferma dans la salle de bains et déballa fiévreusement le test. Elle prit à peine le temps de lire le mode d'emploi avant de faire un premier essai.

Le cœur battant à tout rompre, elle attendit que le révélateur fasse effet. Il lui semblait que son existence était sur le point de basculer.

Lorsque le résultat apparut enfin, elle demeura figée de stupeur. Négatif ? Comment pouvait-il être négatif ?

C'était forcément une erreur. Elle était enceinte, elle en était sûre…

Convaincue que le testeur était défaillant, elle en déballa un second. Malheureusement, il lui confirma avec la même obstination ce que le premier lui avait annoncé.

Miranda ne s'était pas attendue à l'intensité de la déception qui l'envahit alors.

Paradoxalement, ce ne fut qu'à cet instant précis qu'elle comprit combien elle rêvait d'être enceinte, combien elle voulait que Leandro soit le père de cet enfant et à quel point elle avait espéré le voir embrasser cette paternité avec enthousiasme.

Comment avait-elle pu se faire de telles illusions en l'espace de quelques dizaines de minutes ? se demanda-t-elle, les larmes aux yeux.

La petite voix qu'elle avait déjà entendue quand elle se trouvait dans la pharmacie résonna de nouveau dans son esprit.

Cela faisait bien plus longtemps qu'elle nourrissait de telles pensées. En dépit des circonstances, elle était tombée amoureuse de Leandro. Il n'y avait dès lors rien d'étonnant à ce qu'elle rêve d'un avenir avec lui.

Cette grossesse supposée lui avait seulement fait

prendre conscience de ce désir enfoui. Elle avait donné corps à ses espoirs, mais le mal était bien plus profond…

— Miranda ? fit la voix de Leandro de l'autre côté de la porte. Est-ce que ça va ?

Elle sursauta violemment, comme prise en faute.

— Tout va bien, répondit-elle en essuyant les larmes qui embuaient ses yeux.

A son grand désarroi, Leandro poussa la porte. Il paraissait inquiet pour elle.

— Tu n'es pas malade, au moins ? lui demanda-t-il d'une voix très douce.

Mais, alors même qu'il prononçait ces mots, son regard tomba sur le test qu'elle tenait toujours à la main et il se figea.

— Miranda… ? articula-t-il d'une voix faible.

Il s'avança et observa les trois boîtes qui étaient posées à côté du lavabo.

— Je ne comprends pas, murmura-t-il.

— Ne t'inquiète pas, déclara-t-elle d'un ton précipité. Je ne suis pas enceinte. J'ai cru que je l'étais, mais je viens de faire le test deux fois et ce n'est pas le cas…

Tandis qu'elle prononçait ces mots, elle dut faire un effort immense pour résister à l'envie de fondre en larmes.

— Enceinte ? répéta-t-il d'une voix légèrement tremblante.

— Je te l'ai dit : je ne le suis pas. Tu n'as pas à t'en faire…

— Je ne comprends pas, objecta-t-il. Mais nous avons toujours utilisé des préservatifs…

— Et visiblement ils sont efficaces, rétorqua-t-elle avec une légèreté qui ressemblait dangereusement à de l'hystérie. Pas besoin de changer de marque…

— Je suis sérieux, s'exclama Leandro. Qu'est-ce qui a bien pu te faire penser que tu étais enceinte ?

— Un léger retard, expliqua-t-elle. Cela ne m'arrive

jamais. Et, étant donné que nous avons passé dix jours à faire l'amour matin et soir, je me suis dit qu'il y avait peut-être un lien. C'est sûrement le cas, d'ailleurs. Mais je ne suis pas enceinte.

— Je vois, souffla Leandro.

Comme souvent dans les moments importants, son visage était parfaitement inexpressif, et elle ne parvenait pas à déterminer comment il prenait la nouvelle.

— Est-ce que tu es soulagée ? ajouta-t-il.

Miranda ouvrit la bouche pour lui assurer que oui. Mais elle la referma aussitôt. Peut-être était-il temps pour elle de lui dire la vérité — et de se l'avouer à elle-même, par la même occasion.

— Je devrais, répondit-elle. Rationnellement, je devrais me réjouir que ce ne soit qu'une fausse alerte. Mais en réalité je suis affreusement déçue.

Il fit mine d'intervenir, mais elle l'interrompit d'un geste.

— C'est totalement absurde, reprit-elle. Je le sais bien. Mais je suis quand même déçue. Pendant des années, je me suis persuadée que je ne serai jamais mère et que cela ne me manquerait pas. Je me suis convaincue que je n'avais pas vraiment besoin de fonder une famille. Mais c'est faux. Mes frères, Jaz et toi n'avez pas arrêté de me le répéter, mais je ne voulais rien entendre. Mark est mort, c'est horrible. Mais la vie continue. Et au fond de moi je rêve d'en profiter…

Cette fois, Leandro ne chercha pas à l'interrompre, attendant qu'elle aille jusqu'au bout de ses aveux.

— Je sais que ce n'est pas ce que tu veux, lui dit-elle. J'imagine que c'est en grande partie à cause de la disparition de ta sœur que tu ne veux pas avoir d'enfants. Je le comprends. Moi aussi, j'ai vécu dans la peur pendant des années. La peur de perdre Mark une seconde fois, la peur de décevoir ses parents, la peur d'aimer de nouveau au risque de tout perdre, une fois de plus… Mais je ne veux plus continuer. Je veux courir le risque de vivre ma vie parce que c'est le seul moyen pour moi d'être heureuse. Même si je dois prendre des risques pour cela. Il n'y a pas de fatalité, Leandro, s'exclama-t-elle. J'en suis convaincue, à présent !

Un sourire empreint de tendresse se dessina sur les lèvres de Leandro. Pourtant, ses yeux étaient emplis d'une mélancolie qu'il n'avait pas l'habitude de laisser transparaître.

— Si tu savais combien de fois j'ai rêvé de t'entendre dire quelque chose de ce genre, lui dit-il. Je te voyais dépérir sous le coup de ta promesse et je me disais que c'était un terrible gâchis. Je suis heureux que tu en aies pris conscience, Miranda…

— Mais… ?

— Mais contrairement à toi je n'en suis pas encore là, soupira-t-il.

— Est-ce une façon de me dire que tu ne m'aimes pas ? lui demanda-t-elle tout de go.

— C'est une façon de te dire que je ne suis toujours pas prêt à un tel engagement et que je ne sais pas si je le serai un jour.

— Mais pourquoi ? N'est-ce pas toi qui m'as si souvent répété que je ne pouvais pas refuser de vivre indéfiniment ?

— Si, répondit-il d'une voix vibrante d'amertume. Mais cela ne signifie pas que je suis capable d'appliquer moi-même ces sages préceptes…

Il passa nerveusement la main dans ses cheveux. Malgré la distance qui les séparait, Miranda pouvait distinctement sentir la tension nerveuse qui l'habitait en cet instant.

— Je crois que nous avons commis une erreur, déclara-t-il enfin. Nous n'aurions probablement pas dû sortir ensemble. Je ne suis pas l'homme qu'il te faut, Miranda. Surtout pas maintenant que tu es parvenue à triompher de tes propres démons. Tu mérites d'être avec quelqu'un qui pourra te rendre ce que tu as à offrir, quelqu'un avec qui tu pourras bâtir une vraie famille…

— Mais tu pourrais être cette personne, lui dit-elle gravement.

Leandro secoua tristement la tête.

— Je sais que c'est ce que tu voudrais croire, mais tu te trompes.

— Pourquoi ?

— Parce que la mort de Rosie m'a appris ce qu'il en coûtait de s'attacher à quelqu'un, répliqua-t-il d'une voix très sombre. Aimer, c'est s'exposer à tout perdre. Personne ne peut garantir que la personne à qui l'on tient ne va pas se faire renverser par une voiture, qu'elle ne va pas tomber malade ou qu'elle ne va pas tout simplement disparaître comme Rosie…

— Je croyais que tu avais fait la paix avec toi-même, murmura-t-elle, la mort dans l'âme. Je croyais que tu avais fini par te pardonner… J'espérais…

Sa voix se brisa, et elle dut prendre une profonde inspiration pour maîtriser le flot d'émotions qui menaçait de la submerger.

— Je t'aime, Leandro, reprit-elle gravement. Je ne veux plus me mentir à ce sujet. Je t'aime et je veux vivre avec toi.

— Ce n'est pas vraiment moi que tu aimes, objecta-t-il. C'est une certaine idée que tu te fais de moi. Je pense que c'était la même chose avec Mark. Tu aimais plus la vision que tu avais de lui que Mark lui-même.

— Comment peux-tu dire une chose pareille ? s'écria-t-elle. Je sais quand même ce que je ressens !

— Tu ne trouves pas curieux que tu sois tombée amoureuse de moi depuis que je t'ai parlé de ce qui était arrivé à ma sœur ? lui demanda-t-il. Comme tu es tombée amoureuse de Mark lorsque son cancer s'est déclaré ?

— C'est faux, protesta-t-elle vivement. J'aimais Mark bien avant cela. Et toi aussi, d'ailleurs… Simplement, j'étais trop terrifiée pour l'admettre.

Leandro ne réagit pas. L'amant tendre et passionné avait bel et bien disparu, et son visage était redevenu ce masque froid et distant qui lui était autrefois si familier. Luttant contre le désespoir qui la gagnait, Miranda opta pour une nouvelle stratégie.

— Que se serait-il passé si ce test avait été positif ? s'enquit-elle. Qu'aurais-tu fait alors ?

— J'aurais respecté ta décision, quelle qu'elle ait pu être.

— Et si j'avais décidé de le garder ?

— Je t'aurais aidé financièrement à l'élever, répondit-il. J'aurais veillé à ce que vous ne manquiez de rien, l'enfant et toi. Mais je n'aurais pas été un père pour lui, si c'est ce que tu veux savoir. C'est au-dessus de mes forces.

Il y avait dans son regard une lueur de détresse qui faillit la faire chavirer. Mais elle tint bon, refusant de se laisser attendrir.

C'était de son avenir et de son bonheur dont il s'agissait. Elle avait espéré que Leandro jouerait un rôle dans sa vie, mais s'il se refusait à le faire il valait mieux en prendre acte pendant qu'il en était encore temps. Il serait déjà suffisamment douloureux de se relever d'un tel échec.

— Tu m'avais prévenue, lui dit-elle. Tu m'avais mise en garde dès le début. Je ne te reproche donc rien. Mais, si tu ne peux pas m'offrir plus que ce que nous partageons en ce moment, je préfère que nous arrêtions tout. Je ne veux pas faire semblant, Leandro. Cela fait trop longtemps que je me mens à moi-même…

Un long silence s'ensuivit, et Miranda pria de toutes ses forces pour que cet ultimatum convainque Leandro de se raviser. Malheureusement, il ne laissait transparaître toujours aucune émotion.

— Je comprends, répondit-il enfin. Ta droiture et ton honnêteté font partie des qualités que j'admire chez toi, et cette décision ne me surprend donc pas. Si tu considères qu'il vaut mieux que tu partes, je vais avancer ton billet de retour. Avec un peu de chance, je réussirai à en trouver un pour la fin de l'après-midi…

Un peu de chance…

En entendant ces mots, Miranda se demanda s'il s'agissait d'une maladresse de langage ou bien d'un lapsus révélateur. S'était-elle trompée plus lourdement encore qu'elle ne le pensait ? Les sentiments qu'elle avait cru percevoir chez Leandro n'étaient-ils que le résultat de son imagination ?

Elle ne pouvait le dire. Mais cette incertitude même était révélatrice du quiproquo qui s'était établi entre eux. La complicité qu'elle avait cru voir s'installer entre eux n'était qu'une illusion, le fruit trompeur de l'extraordinaire relation fusionnelle qu'ils avaient vécue durant quelques jours. Au fond, ils avaient toujours été et demeureraient éternellement des inconnus l'un pour l'autre.

— Je vais aller préparer mes affaires, lui dit-elle en luttant contre le mélange de tristesse, de colère et de frustration qui la gagnait. Si tu parviens à trouver une place pour cet après-midi, pourras-tu aussi appeler un taxi ?

— Je peux te conduire à l'aéroport.

— Je ne préfère pas, déclara Miranda. Je n'ai jamais été très douée pour les adieux.

Il parut être sur le point de protester mais se ravisa aussitôt.

— Très bien, acquiesça-t-il. Je m'en occupe.

*
* *

Lorsqu'elle pénétra dans son appartement, Miranda eut l'impression de rentrer d'un très long voyage. Elle n'était pourtant partie qu'un peu plus d'une dizaine de jours, mais la femme qui revenait aujourd'hui était très différente de celle qui avait quitté la maison.

Après avoir déposé ses bagages, elle alla directement chercher le pull de Mark qui se trouvait dans son armoire. Mais, au lieu de le presser contre son visage comme elle le faisait d'habitude, elle le plia précautionneusement et le glissa dans un sac en plastique.

Sans prendre la peine de déballer ses propres affaires, elle ressortit et reprit le taxi à qui elle avait demandé de l'attendre. Elle se fit ensuite conduire directement chez les parents de Mark.

Si ceux-ci furent surpris de la voir arriver ainsi à l'improviste, ils n'en laissèrent rien paraître. Après l'avoir chaleureusement embrassée, ils préparèrent le thé et tous trois s'installèrent dans le salon.

Pour la première fois, elle eut le courage de regarder bien en face la photo de Mark qui trônait sur le buffet. Elle sentit monter en elle une bouffée de mélancolie, désormais dénuée de toute amertume. Elle avait juste l'impression qu'un chapitre de sa vie venait de se refermer et qu'un nouveau commençait.

C'était une sensation à la fois terrifiante et excitante, mais le moment était sans doute mal choisi pour s'appesantir sur le sujet.

— Je vous ai ramené quelque chose, annonça-t-elle enfin en leur tendant le sac en plastique qu'elle avait apporté.

Susanne le prit et en sortit le pull-over qu'elle reconnut aussitôt. Un petit cri de stupeur mêlé d'étonnement et de tristesse lui échappa.

— J'ai gardé ce vêtement pendant toutes ces années, leur expliqua-t-elle. C'était ce qui me reliait à votre fils.

Ça m'a beaucoup aidée, au début. Puis je suppose que cela m'a empêchée de faire complètement mon deuil. J'ai aujourd'hui la conviction qu'il est temps pour moi de tourner la page et d'aller de l'avant.

— Je comprends, déclara Frank d'un ton solennel. Tu as raison. Nous ne pouvons pas continuer indéfiniment à regarder en arrière. Il est temps que nous repartions tous de l'avant, chacun à notre façon…

Miranda les observa avec étonnement, sentant confusément que quelque chose avait changé pour eux aussi.

— Pendant que tu étais en France, nous avons pris une décision, lui révéla la mère de Mark. Nous avons contacté une association qui s'occupe d'enfants orphelins et nous nous sommes portés volontaires pour devenir l'une de leurs familles d'accueil.

— C'est une excellente idée ! s'exclama Miranda, sidérée.

— C'est ce que nous pensons aussi, acquiesça James en souriant. Nous sommes des parents sans enfant. Il est tout naturel que nous aidions des enfants sans parents…

— Ils auront beaucoup de chance de vous avoir, affirma-t-elle avec conviction. Je suis bien placée pour en parler. Sans vous, je ne sais pas ce que je serais devenue…

— Tu pourras toujours compter sur James et moi, lui assura Susanne. Quoi qu'il arrive, nous serons là pour toi.

En venant ici, Miranda était convaincue qu'elle était sur le point de perdre deux êtres qui lui étaient chers pour gagner sa liberté. Mais c'était compter sans l'amour que lui portaient les parents de Mark.

Il ne lui restait plus qu'à espérer que leur soutien lui permettrait d'affronter sa rupture avec Leandro comme elle lui avait permis de survivre à la mort de Mark…

Leandro avait retardé jusqu'à la toute dernière minute l'ultime tâche qu'il lui restait à accomplir avant de mettre la villa sur le marché.

Les tableaux de son père étaient entreposés en sécurité en attendant qu'il se décide à les mettre en vente ou à fonder un musée. La plupart des meubles avaient été livrés à la prestigieuse salle des ventes parisienne qui assurerait les enchères. Leandro n'avait conservé que le bureau de son père et la vieille pendule qui se trouvait autrefois au salon et qui lui rappelait les jours heureux de son enfance.

Toutes les pièces avaient été refaites à neuf et le jardin entièrement rénové. Après mûres réflexions, il avait décidé d'y laisser la statue de sa sœur, se contentant d'ôter la plaque qui y était apposée. De cette façon, songeait-il, il resterait dans le parc un souvenir de la petite fille qui aimait tant y jouer autrefois.

Avant de refermer définitivement les portes sur cette maison riche de souvenirs si contradictoires, il ne restait donc plus à Leandro qu'une pièce à vider. La chambre de Rosie.

Lorsqu'il y pénétra, ce matin-là, il n'avait toujours aucune idée de ce qu'il allait faire des affaires de sa sœur. Il alla donc s'asseoir sur le petit lit et ramassa Floppy qu'il contempla pensivement.

Curieusement, le lapin en peluche le fit penser à Miranda plus qu'à Rosie. Et, tandis qu'il cherchait quel lien il avait bien pu établir entre eux, il repensa au test de grossesse qu'elle avait fait, juste avant de partir.

S'ils avaient vraiment eu un enfant, songea-t-il, il aurait pu lui offrir les jouets et les peluches qui avaient appartenu à Rosie.

Leandro se prit à sourire. C'était peut-être une idée un peu étrange, mais elle avait quelque chose d'apaisant et de réconfortant. Il lui semblait confusément que la disparition de Rosie lui aurait alors paru moins absurde.

Bien sûr, un enfant ne pouvait en remplacer un autre, mais son existence même aurait été un signe. Le signe que la vie finissait toujours par triompher.

De toute façon, il n'y aurait pas de bébé. Evidemment. Miranda n'était pas enceinte, et leur idylle était arrivée à son terme…

Il n'y a pas de fatalité, Leandro. J'en suis convaincue, à présent…

Les mots de Miranda lui revinrent soudain en mémoire, lui arrachant un violent frisson. Sur le coup, il n'avait pas vraiment compris ce qu'elle avait voulu dire par là. Mais rétrospectivement le message lui paraissait terriblement limpide.

Il n'y avait pas de fatalité. Si ce bébé n'existait pas encore, il ne tenait qu'à eux de le mettre au monde…

Leandro interrompit le cours de ses réflexions. Etait-ce réellement ce qu'il voulait ? Avoir un enfant avec Miranda ? Vivre avec elle ? Se marier ?

Miranda l'aimait assez pour trouver le courage de surmonter son passé et de rompre le serment le plus solennel qu'elle ait jamais prononcé.

L'aimait-il assez pour se pardonner la faute qu'il pensait avoir commise, des années auparavant ? Pour courir le risque de vivre de nouveau, au risque de tout perdre ?

Une soudaine révolte s'empara de lui. Qu'avait-il à perdre qu'il n'ait déjà perdu par sa propre faute ? Il avait repoussé la femme qu'il aimait, l'amour qu'elle lui offrait, l'avenir qu'elle lui proposait et le bonheur qu'ils auraient pu trouver ensemble. Que pouvait-il bien faire de pire ?

Un juron lui échappa et résonna étrangement dans la petite chambre de princesse.

Etait-il déjà trop tard ? Avait-il irrévocablement perdu

Miranda ? Cette seule idée lui paraissait intolérable. Le cœur battant à tout rompre, il se redressa sans lâcher le lapin de sa sœur.

— Il nous reste peut-être une chance, lui dit-il. Ça ne peut pas se finir comme ça.

Epilogue

Lorsque la sonnerie retentit ce matin-là, Miranda était encore en train de se brosser les dents. Jetant un coup d'œil à sa montre, elle constata que Jasmine avait trois quarts d'heure d'avance.

Elles avaient prévu d'aller faire les courses ensemble, à la recherche d'un cadeau de mariage digne de ce nom pour Julius et Holly.

Tout en continuant à se brosser les dents, Miranda alla ouvrir… et se figea sur place, tétanisée par la stupeur.

Leandro se tenait sur le seuil de son appartement, vêtu d'un jean, d'un sweat-shirt et d'un blouson de cuir. Jamais elle ne l'avait vu habillé de façon aussi décontractée, et cette tenue lui conférait une apparence presque juvénile.

Il tenait à la main un sac en plastique provenant de la maison de la presse où ils allaient acheter le journal lorsqu'ils étaient à Nice.

— E'an'o, s'exclama-t-elle. U'é a à E'è ?

Il la considéra d'un air stupéfait. Otant la brosse à dents qu'elle avait toujours dans la bouche, elle répéta sa question.

— Tu n'es pas à Genève ?

Le sourire qu'il lui décocha alors la fit fondre intérieurement. C'était incontestablement le plus beau et le plus naturel qu'il lui ait jamais adressé, sans la moindre trace d'amertume, d'ironie ou de tristesse.

— J'ai décalé mon départ. Il fallait que je te parle... Je ne te dérange pas, au moins ?

— Non, comme tu vois, répondit-elle en brandissant sa brosse à dents. Entre. Je te rejoins tout de suite.

Elle alla à la hâte reposer sa brosse et se rincer la bouche. Lorsqu'elle se redressa, elle constata que ses cheveux étaient encore tout ébouriffés et fut tentée de se recoiffer, mais elle n'en fit rien. Après tout, Leandro l'avait déjà vue plus d'une fois au saut du lit...

— Pourquoi est-il venu ? demanda-t-elle à son reflet.

Voulait-il discuter de la meilleure attitude à adopter, lors du mariage auquel ils devraient bientôt assister ?

Ou bien était-il venu lui rendre quelque chose qu'elle avait oublié à la villa ? Cela expliquerait le sac en plastique...

Elle ne se rappelait pourtant pas avoir égaré quoi que ce soit qui puisse justifier de reporter un important voyage d'affaires.

Peut-être était-il tout simplement venu la payer pour le travail qu'elle avait fait. Après tout, elle était partie bien trop précipitamment pour qu'ils abordent ce sujet.

Sachant que le meilleur moyen de répondre à ses questions était de le rejoindre, elle regagna le salon où l'attendait Leandro. Sans un mot, il lui tendit le sac en plastique qu'il avait apporté.

Repensant au pull-over qu'elle avait ramené aux parents de Mark, quelques jours auparavant, elle s'en saisit et en sortit un petit lapin en peluche.

— C'est celui de Rosie, n'est-ce pas ? murmura-t-elle, interdite.

— Floppy, acquiesça-t-il. Je voulais te le donner.

— Mais... pourquoi ? bredouilla-t-elle, aussi touchée que surprise par ce geste énigmatique.

— Pour que tu le donnes à notre premier enfant.

Elle lui jeta un regard interloqué, se demandant s'il s'agissait de la plaisanterie la plus cruelle qu'on lui ait jamais faite. Mais Leandro paraissait parfaitement sérieux.

— Je te rappelle que le test était négatif, déclara-t-elle. Je ne suis pas enceinte.

Sans la quitter des yeux, il fit un pas dans sa direction. Le cœur battant à tout rompre, elle demeura figée sur place, serrant Floppy contre sa poitrine.

— Peut-être aurions-nous plus de chances d'avoir un bébé si nous faisions l'amour sans préservatif, lui dit Leandro.

Elle se demanda brusquement s'il n'était pas devenu fou.

— Je ne comprends pas, balbutia-t-elle.

— C'est pourtant simple. Je t'aime, Miranda. Je veux passer le reste de ma vie avec toi. J'ai envie de me marier avec toi et de faire des enfants avec toi.

Prise d'un brusque accès de vertige, Miranda lutta contre l'allégresse presque incontrôlable qui montait en elle. Elle ne pouvait se permettre d'y céder tant qu'elle ne serait pas complètement sûre qu'elle n'était pas en train de rêver.

— Pourquoi ? demanda-t-elle, complètement sonnée.

La question parut prendre Leandro de court.

— Qu'est-ce qui t'a fait changer d'avis ? continua-t-elle.

— Toi, répondit-il sans hésiter. Ce que tu m'as dit au sujet de la fatalité… Mais je ne l'ai compris que lorsque je me suis enfin décidé à ranger la chambre de Rosie. En voyant ses jouets éparpillés dans la chambre, j'ai compris que, au fond de moi, moi aussi j'aurais voulu cet enfant. J'ai admis qu'en renonçant à vivre comme je le faisais non seulement je ne ramènerais pas ma sœur mais, pire encore, je ne ferais qu'ajouter à l'absurdité et à l'horreur de sa disparition.

— Et tu n'as plus peur de t'engager ? s'inquiéta Miranda, tremblante.

— Bien sûr que si. La peur ne me quittera jamais parce que je sais au fond de moi ce que cela signifie de perdre un être cher. Mais refuser d'aimer n'est pas une solution. C'est juste une forme de lâcheté… Je ne veux pas finir comme mon père, Miranda. Je ne veux pas passer mon temps à fuir, à me couper des autres, pour finir ma vie sans personne…

Il inspira profondément, paraissant rassembler son courage.

— Est-ce que tu es toujours partante ? Est-ce que tu es prête à te marier et à faire un enfant avec moi ?

— Oui, affirma-t-elle sans la moindre hésitation, cette fois-ci. Je t'aime, Leandro. Je n'imagine pas passer ma vie avec quelqu'un d'autre que toi !

— Tant mieux ! s'exclama Leandro en la prenant dans ses bras.

Le baiser qu'ils échangèrent valait tous les serments du monde. Il exprimait bien mieux que des mots la joie qu'ils avaient d'être à nouveau réunis. Jamais Miranda ne s'était sentie aussi heureuse de toute sa vie.

— Je me demande ce que mes frères vont penser de tout ça.

— Je pense qu'ils seront surpris de voir deux incurables solitaires comme nous se mettre en couple. Je m'attends à subir pas mal de boutades de leur part ! Mais je pense qu'au fond ils seront ravis. Et Jasmine ? Qu'en pensera-t-elle ?

— Elle rêve de me coudre une robe de mariée depuis que nous sommes toutes petites, répondit malicieusement Miranda. Elle va être aux anges ! Quand penses-tu que nous pourrions organiser la cérémonie ?

— Je crois que nous devrions attendre que le mariage de Julius et Holly soit passé pour annoncer officiellement la nouvelle. Je ne voudrais pas que nous leur volions la vedette !

— Tu as raison. De toute façon, je ne suis pas pressée. Nous avons tout le reste de notre vie pour profiter l'un de l'autre.

— Exact, acquiesça Leandro avec un sourire malicieux. Et personnellement je serais partisan de commencer dès maintenant.

L'éclat de rire de Miranda fut interrompu par un nouveau baiser, plus ardent encore que le précédent. Instantanément, elle sentit renaître le désir inextinguible qu'elle ressentait pour lui.

Et, tandis qu'elle s'y abandonnait, elle se demanda si durant toutes ces années de solitude volontaire ce n'était pas Leandro qu'elle avait attendu sans même le savoir.

Si vous avez aimé *Le serment d'une héritière*,
découvrez la suite de la série
« Scandale chez les Ravensdale »
dès le mois prochain dans votre collection Azur !

Retrouvez en mars,
dans votre collection

Azur

Cet odieux chantage, de Cathy Williams - N°3805

MARIAGE ARRANGÉ

Si elle veut recouvrer sa liberté, elle devra consommer son union avec Dio. Horrifiée, Lucy peine à croire à l'odieux chantage que lui impose son époux. Dès le début, pourtant, les choses étaient claires entre eux : leurs vœux de mariage ne seraient rien de plus que les termes d'un contrat d'affaires, et Lucy, qui s'est promis de ne donner son corps qu'à un homme qui l'aimerait, avait refusé d'offrir sa virginité à Dio. Mais aujourd'hui, alors qu'il la menace de ne pas signer les papiers du divorce si elle ne lui cède pas et qu'elle ne peut plus supporter cette mascarade, a-t-elle vraiment le choix ?

L'épouse d'Alessandro Ferrante, de Dani Collins - N°3806

Octavia est outrée : comment son mari, le puissant Alessandro Ferrante, peut-il exiger qu'elle rentre avec lui à Naples ? Après l'avoir laissée seule à Londres pendant sa grossesse et avoir manqué la naissance de leur enfant, il ose encore la soumettre à sa volonté ? Octavia en est consciente, Alessandro n'a pas l'habitude qu'on lui résiste. Cette fois, pourtant, il pourra bien tout tenter pour la faire changer d'avis, elle ne cédera pas. Maintenant qu'elle a un fils, elle ne peut plus se permettre de tout accepter par amour pour Alessandro, et sa décision est prise : elle le quittera…

Le secret d'une nuit de passion, de Lynne Graham - N°3807

Une nuit, une seule, au cours de laquelle elle a cédé à l'attirance irrésistible qu'elle éprouvait pour un inconnu… et la voilà enceinte ! Sous le choc, Grace ne sait comment réagir. Cacher à Leo sa paternité ne serait pas juste, elle le sait. Mais, malgré l'alchimie parfaite qui a opéré entre eux ce soir-là, Grace le connaît à peine. Tout ce qu'elle sait, c'est qu'un tel imprévu risque de fortement contrarier l'avenir tout tracé de ce séduisant homme d'affaires. Car aujourd'hui Leo Zikos est fiancé à une belle héritière censée lui assurer un avenir professionnel florissant…

Une bouleversante révélation, de Louise Fuller - N°3808

J'ai fait de toi mon épouse, et tu m'as rejeté sans pitié. Prudence sent le souffle lui manquer. Non seulement elle ne s'attendait pas – en acceptant cette mission d'expertise d'art – à tomber nez à nez avec Laszlo Cziffra, l'homme qu'elle a quitté sept ans plus tôt, mais sa déclaration la laisse sous le choc. Laszlo n'a tout de même pas cru qu'ils s'étaient *vraiment* mariés ? Le simulacre de cérémonie qu'ils ont célébré à l'époque n'était pas plus réel que son amour pour elle... c'est impossible ! Pourtant, le regard qu'il lui lance finit de la convaincre : il lui dit la vérité. L'homme qui lui a brisé le cœur en la laissant partir et qu'elle s'est juré d'oublier est toujours son mari... et aussi, désormais, son nouveau client.

Un impérieux désir, de Susanna Carr - N°3809

Après des années d'absence, Jodie est de retour à Athènes avec une seule idée en tête : renouer avec son père. Mais face à l'hostilité que lui témoigne son demi-frère par alliance, l'ardent Stergios Antoniou, elle n'est pas sûre d'y parvenir. Ce dernier ne la soupçonne-t-il pas, en effet, d'être revenue en Grèce dans le seul but de nuire à sa famille ? Et ne lui promet-il pas de tout faire pour l'en éloigner définitivement ? Pourtant, Jodie n'est pas dupe : si l'atmosphère entre eux est aussi explosive, c'est à cause du désir irraisonné qu'ils éprouvent l'un pour l'autre. Quoi qu'il en soit, elle ne se laissera pas faire. Son père est la seule famille qui lui reste, et elle n'y renoncera pour rien au monde...

Piégée par le cheikh, de Caitlin Crews - N°3810

Enceinte, seule et en fuite. Jamais Sterling n'aurait imaginé se retrouver dans pareille situation un jour... Pourtant, lorsqu'elle apprend que Rihad al-Bakri, le redoutable souverain du royaume du golfe Persique, est arrivé à New York, elle comprend qu'elle doit partir au plus vite, là où personne ne pourra la retrouver. Car si Rihad vient à découvrir qu'elle est enceinte, il ne lui laissera pas le choix : il l'emmènera, de gré ou de force, dans son royaume, pour faire de son bébé son héritier. Seulement, pour Sterling, il est hors de question de se retrouver à la merci d'un roi si impitoyable, aussi irrésistible soit-il...

A la merci du milliardaire, de Michelle Reid - N°3811

Comment Leo ose-t-il l'accuser d'avoir détourné les fonds de son entreprise ? Natasha est abasourdie. L'arrogance de ce milliardaire grec n'a-t-elle donc aucune limite ? Jamais elle ne pourrait se rendre coupable de telles malversations ! Malheureusement, les preuves l'accablent. Par elle ne sait quel moyen, l'argent dérobé sera effectivement transféré sur son compte dans six semaines. Six semaines qu'elle doit passer seule à Athènes avec Leo, qui exige en effet qu'elle séjourne avec lui jusqu'à ce qu'elle lui ait remboursé le dernier centime. Si elle refuse, il la livrera à la police. Contrainte d'accepter, Natasha s'en fait pourtant la promesse : elle prouvera à cet homme impitoyable qu'elle n'est pas la femme malhonnête qu'il croit...

Une fiancée pour Jake Ravensdale, de Melanie Milburne - N°3812

SÉRIE : SCANDALE CHEZ LES RAVENSDALE - 3E VOLET

Je suis la fiancée de Jake Ravensdale. Jasmine se surprend elle-même en prononçant ces mots, mais ce n'est que lorsqu'elle croise le regard stupéfait de Jake qu'elle prend conscience des conséquences de sa déclaration. Elle souhaitait simplement lui venir en aide : cet incorrigible et célèbre play-boy n'est-il pas harcelé par une femme dont il ne veut pas ? Inutile de s'affoler, se rassure Jasmine. Certes, les médias vont se délecter de cette histoire, mais il suffira que Jake leur annonce leur rupture d'ici quelques semaines. En attendant, pour elle, le plus dur reste à faire : convaincre le monde entier qu'elle est folle amoureuse de Jake, sans pour autant mettre en danger son cœur, qu'il a déjà brisé des années auparavant…

L'héritier secret des Kalliakis, de Michelle Smart - N°3813

SÉRIE : LA FIERTÉ DES KALLIAKIS - 2E VOLET

En acceptant de rédiger la biographie du roi d'Agon, Joanne n'avait qu'une ambition : faire son travail et gagner assez d'argent pour vivre confortablement avec son fils de quatre ans. Une décision qu'elle regrette pourtant, maintenant qu'elle se retrouve face à Theseus, l'irrésistible prince Kalliakis. Ou plutôt devrait-elle dire Theo. Car n'est-ce pas de cette façon qu'il s'est présenté lorsqu'ils se sont rencontrés, cinq ans plus tôt ? Pas étonnant qu'elle n'ait jamais réussi à le retrouver, puisque tout ce qu'il lui a dit, au cours de la nuit de passion qu'ils ont partagée alors n'était qu'un tissu de mensonges ! Aussitôt, la décision de Jo est prise : elle doit à tout prix lui cacher l'existence de son fils. Car, si Theseus vient à apprendre qu'elle a eu un enfant de lui, il pourrait vouloir les séparer…

La maîtresse secrète, de Marion Lennox - N°3814

SAGA : LE ROYAUME DES KAREDES - 3E VOLET

Jamais Holly n'aurait pensé revoir Andreas, le prince d'Aristos avec lequel elle a vécu une idylle passionnée, alors qu'elle n'avait que dix-sept ans. Pendant les quelques mois qu'avait duré le séjour d'Andreas en Australie, Holly n'avait pu s'empêcher de faire les rêves de bonheur les plus fous. Mais Andreas l'avait quittée pour rejoindre son destin : diriger Aristos avec son père, et épouser une femme digne de son rang. Seulement voilà qu'aujourd'hui la presse menace de dévoiler cette liaison qu'ils ont eue dix ans auparavant, et de révéler qu'un enfant est né de cette union illégitime. Ayant appris cela, Andreas exige que Holly quitte l'Australie pour venir s'installer à Aristos… et l'épouser !

OFFRE DE BIENVENUE

Vous êtes fan de la collection Azur ?
Pour prolonger le plaisir, recevez gratuitement

◆ 2 livres Azur gratuits ◆
et 2 cadeaux surprise !

Une fois votre colis de bienvenue reçu, si vous souhaitez continuer à recevoir nos romans Azur, cela se fera automatiquement. Vous recevrez alors chaque mois 6 romans inédits de cette collection au tarif unitaire de 4,40€ (Frais de port France : 1,79€ - Frais de port Belgique : 3,79€).

➡ LES BONNES RAISONS DE S'ABONNER :

Aucun engagement de durée ni de minimum d'achat.
◆
Aucune adhésion à un club.
◆
Vos romans en avant-première.
◆
La livraison à domicile.

➡ ET AUSSI DES AVANTAGES EXCLUSIFS :

Des cadeaux tout au long de l'année.
◆
Des réductions sur vos romans par le biais de nombreuses promotions.
◆
Des romans exclusivement réédités notamment des sagas à succès.
◆
L'abonnement systématique et gratuit à notre magazine d'actu ROMANCE.
◆
Des points fidélité échangeables contre des livres ou des cadeaux.

➡ REJOIGNEZ-NOUS VITE EN COMPLÉTANT ET EN NOUS RENVOYANT LE BULLETIN !

ZZ7F09
ZZ7FB1

N° d'abonnée (si vous en avez un) ☐☐☐☐☐☐☐☐

Mme ☐ Mlle ☐ Nom : .... Prénom : ....

Adresse : ....

CP : ☐☐☐☐☐ Ville : ....

Pays : .... Téléphone : ☐☐☐☐☐☐☐☐☐☐

E-mail : ....

Date de naissance : ☐☐ ☐☐ ☐☐☐☐

☐ Oui, je souhaite être tenue informée par e-mail de l'actualité d'Harlequin.

☐ Oui, je souhaite bénéficier par e-mail des offres promotionnelles des partenaires d'Harlequin.

Renvoyez cette page à : Service Lectrices Harlequin – CS 20008 – 59718 Lille Cedex 9 - France

Date limite : **31 décembre 2017**. Vous recevrez votre colis environ 20 jours après réception de ce bon. Offre soumise à acceptation et réservée aux personnes majeures, résidant en France métropolitaine et Belgique. Prix susceptibles de modification en cours d'année. Conformément à la loi Informatique et libertés du 6 janvier 1978, vous disposez d'un droit d'accès et de rectification aux données personnelles vous concernant. Il vous suffit de nous écrire en nous indiquant vos nom, prénom et adresse à : Service Lectrices Harlequin - CS 20008 - 59718 LILLE Cedex 9. Harlequin® est une marque déposée du groupe HarperCollins France – 83/85, Bd Vincent Auriol – 75646 Paris cedex 13. Tél : 01 45 82 47 47. SA au capital de 1 120 000€ - R.C. Paris. Siret 31867159100069/APE5811Z.

Composé et édité par HarperCollins France.

Achevé d'imprimer en janvier 2017.

CPI
BLACK PRINT

Barcelone

Dépôt légal : février 2017.

Pour limiter l'empreinte environnementale de ses livres, HarperCollins France s'engage à n'utiliser que du papier fabriqué à partir de bois provenant de forêts gérées durablement et de manière responsable.

Imprimé en Espagne.